CB128301

CONTOS FLUMINENSES

Livros do autor na Coleção **L&PM** POCKET

O alienista
Casa Velha
Contos
Contos fluminenses
Dom Casmurro
Esaú e Jacó
Helena
Iaiá Garcia
A mão e a luva
Memorial de Aires
Memórias póstumas de Brás Cubas
Quincas Borba
Ressurreição

MACHADO DE ASSIS

CONTOS FLUMINENSES

www.lpm.com.br

L&PM POCKET

Coleção **L&PM** POCKET, vol.151

Texto de acordo com a nova ortografia.

Primeira edição na Coleção **L&PM** POCKET: janeiro de 1999
Esta reimpressão: março de 2025

Capa: Ivan Pinheiro Machado sobre óleo sobre tela de Bernard Wiegandt, *Rua São Clemente, Rio de Janeiro*, 1884. (Coleção Sérgio Fadel, Rio de Janeiro.)
Revisão: Delza Menin, Renato Deitos e Mariana Donner da Costa

---

M149r

Machado de Assis, Joaquim Maria, 1839-1908
Contos fluminenses / Joaquim Maria Machado de Assis – 2 ed. – Porto Alegre: L&PM, 2025.
224 p. ; 18 cm. – (Coleção L&PM POCKET; v.151)

ISBN 978-85-254-0968-3

1.Ficção brasileira-Contos. 2. Assis, Joaquim Maria Machado de, 1839-1908. I.Título. II.Série.

CDD 869.931
CDU 869.0(81)-34

Catalogação elaborada por Izabel A. Merlo, CRB 10/329

Rua Comendador Coruja, 314, loja 9 – Floresta – 90.220-180
Porto Alegre – RS – Brasil / Fone: 51.3225.5777

Pedidos & Depto. Comercial: vendas@lpm.com.br
Fale conosco: info@lpm.com.br
www.lpm.com.br

Impresso no Brasil
Verão de 2025

MACHADO DE ASSIS:

CONVENCIONAL INOVADOR

*Maria Tereza Faria e Roger Rouffiax**

"...mundo escorregadio, onde os contrários se tocam e se dissolvem."
(Antonio Candido)

Joaquim Maria Machado de Assis (1839-1908) era mulato e nasceu num morro do Rio de Janeiro, numa época em que, no Brasil, os negros ainda eram escravos. Não recebeu educação formal, mal havendo frequentado a escola primária. Pobre e órfão, desde cedo precisou trabalhar, a fim de sustentar-se. O que aprendeu, o fez pelos seus próprios méritos, tendo obtido aqui e ali ajuda alheia nessa área, devido à sua curiosidade e interesse.

Como funcionário da Tipografia Nacional, em contato com a intelectualidade da época, começou a publicar seus escritos em 1861, atingindo certo prestígio e estabilidade financeira. Em 1867, conheceu Carolina Xavier de Castro, casando-se com ela e dando início a um período de felicidade (que duraria até a morte da esposa, em 1904), de ascensão social e econômica.

O sucesso não se evidenciou apenas nas Letras. A partir da convivência com Carolina – seu grande amor –, Machado galgou posições de destaque na carreira pública, chegando a atingir um dos mais altos postos do funcionalismo. A epilepsia, a gaguez, males que o atormentavam há muito, controladas, tendo em vista a existência tranquila, deixavam de ser entraves para a glória literária. Esta – Machado foi um dos poucos escritores a usufruí-la em vida – concretizou-se

* Professores de literatura do Curso Universitário em Porto Alegre.

em sua plenitude quando o escritor, em 1896, tornou-se, além de fundador, o primeiro presidente da Academia Brasileira de Letras.

Machado de Assis cultivou vários gêneros literários: poesia, teatro, romance, conto, crônica, crítica. Não se destacou como poeta e dramaturgo, mas em seus contos e romances encontramos algumas das melhores páginas das Letras brasileiras de todos os tempos. Personagens e passagens irretocáveis, como os observados em *Dom Casmurro* ou em *O alienista*, destacam-se na galeria literária universal.

"O bruxo do Cosme Velho" – assim chamado devido ao bairro onde morava no Rio de Janeiro – escreveu cerca de duzentos relatos, que podemos incluir no gênero conto, o que revela uma produção considerável, tendo em vista as demais tipologias literárias desenvolvidas pelo autor. Os *Contos fluminenses*, publicados em 1870, representam a estreia de Machado nessa modalidade. Portanto, parece natural observar que ainda não possuísse o total domínio da narrativa curta, como se veria mais tarde *em Várias histórias*, *Papéis avulsos* e *Histórias sem data*. Talvez, por isso, seus primeiros contos sejam demasiadamente longos, assemelhando-se a novelas. Erroneamente chamados de "românticos", tais contos melhor seriam classificados como convencionais.

Todavia, não vá pensar o leitor que está diante de uma obra menor. Nessas páginas, encontrará o mesmo observador da alma e das contradições humanas, revelando um tom de moralidade típico dos contos clássicos. Será brindado com considerações filosóficas recheadas de humorismo, embora um pouco superficiais, graças ao estilo romântico predominante na época de sua escritura. Eis alguns exemplos:

"Será uma boa mãe de família segundo a doutrina de alguns padres-mestres da civilização, isto é, fecunda e ignorante."

"Tirai do mundo o cão, e o mundo será um ermo."

"Algumas pessoas, que têm salas elegantemente dispostas, costumam deixar tempo de serem estas admiradas pelas visitas."

"O ridículo é uma espécie de lastro da alma, quando entra no mar da vida; algumas fazem toda a navegação sem outra espécie de carregamento."

"Diz-me como moras, dir-te-ei quem és."

Tais observações revelam a ausência da apologia da paixão amorosa, tão cara aos escritores românticos, que encaravam esse sentimento como móvel de conduta. Nesse sentido, os contos de estreia de Machado alargam a perspectiva das narrativas urbanas de então – vide José de Alencar –, visto que destacam a importância do aspecto social na formação do caráter.

Nos *Contos fluminenses*, Machado, assim como em seus primeiros romances, preocupou-se em dar relevo às personagens femininas e a seus dramas marcadamente românticos, refletindo bem a época da publicação. Não verá neles o leitor a profunda análise psicológica tão própria da segunda fase do autor, mas sim a representação de perfis típicos de uma burguesia ociosa e despreocupada, cujo principal traço é a ambição de mudar de classe.

Quanto aos temas abordados no presente livro, temos alguns de relativa simplicidade, pois o enfoque recai sobre tramas em que predominam personagens preocupados com o *status* ou o dinheiro, ambos interligados ao casamento, como em *O segredo de Augusta* ou *Miss Dollar*. O interesse aparece, sobretudo, em *Luís Soares*; a traição (suposta ou verdadeira), em *A mulher de Preto* e *Confissões de uma viúva moça*.

Por meio dos *Contos fluminenses*, o leitor observará Machado de Assis dando os seus primeiros passos num gênero ainda pouco difundido no Brasil, na época de sua publicação, que viria a torná-lo o maior contista brasileiro de todos os tempos.

Obras de Machado de Assis

Poesia

Crisálidas (1864)
Falenas (1870)
Poesias Completas (incluindo Ocidentais) (1901)

Romance

Ressurreição (1872)
A mão e a luva (1874)
Helena (1876)
Iaiá Garcia (1878)
Memórias póstumas de Brás Cubas (1881)
Quincas Borba (1891)
Dom Casmurro (1899)
Esaú e Jacó (1904)
Memorial de Aires (1908)

Conto

Contos fluminenses (1870)
Histórias da meia-noite (1873)
Papéis avulsos (1882)
Histórias sem data (1884)
Várias histórias (1896)
Páginas recolhidas (1899)
Relíquias de casa velha (1906)

Teatro

Queda que as mulheres têm para os tolos (1861)
Desencantos (1861)
Theatro, volume I, (1863) contendo as comédias *O caminho da porta* (1863) e *O protocolo* (1863)
Quase ministro (1864?)

Os deuses de casaca (1866)
Tu, só tu, puro amor (1881)
Teatro (1910) (incluindo *Não consultes médico* e *Lição de botânica*)

ALGUMAS PUBLICAÇÕES PÓSTUMAS:

Crítica (1910)
Outras relíquias (contos) (1910)
A semana (crônica) (1914, 1937) – 3 vol.
Novas relíquias (contos) (1932)
Crítica teatral (1937)
Páginas esquecidas (1939)
Casa Velha (1944)
Diálogos e reflexões de um relojoeiro (1956)
Crônicas de Lélio (1958)
(Estes trabalhos foram publicados em jornais e revistas em vida do autor.)

CONTOS FLUMINENSES

Índice

Miss Dollar

Capítulo primeiro

Era conveniente ao romance que o leitor ficasse muito tempo sem saber quem era *Miss Dollar.* Mas por outro lado, sem a apresentação de *Miss Dollar,* seria o autor obrigado a longas digressões, que encheriam o papel sem adiantar a ação. Não há hesitação possível: vou apresentar-lhes *Miss Dollar.*

Se o leitor é rapaz e dado ao gênio melancólico, imagina que *Miss Dollar* é uma inglesa pálida e delgada, escassa de carnes e de sangue, abrindo à flor do rosto dois grandes olhos azuis e sacudindo ao vento umas longas tranças louras. A moça em questão deve ser vaporosa e ideal como uma criação de Shakespeare; deve ser o contraste do *roastbeef* britânico, com que se alimenta a liberdade do Reino Unido. Uma tal *Miss Dollar* deve ter o poeta Tennyson de cor e ler Lamartine no original; se souber o português deve deliciar-se com a leitura dos sonetos de Camões ou os *Cantos* de Gonçalves Dias. O chá e o leite devem ser a alimentação de semelhante criatura, adicionando-se-lhe alguns confeitos e biscoitos para acudir às urgências do estômago. A sua fala deve ser um murmúrio de harpa eólia; o seu amor um desmaio, a sua vida uma contemplação, a sua morte um suspiro.

A figura é poética, mas não é a da heroína do romance.

Suponhamos que o leitor não é dado a estes devaneios e melancolias; nesse caso imagina uma *Miss Dollar* totalmente diferente da outra. Desta vez será uma robusta americana, vertendo sangue pelas faces, formas arredondadas, olhos vivos e ardentes, mulher feita, refeita e perfeita. Amiga da boa mesa e do bom copo, esta *Miss Dollar* preferirá um quarto de carneiro a uma página de Longfellow, coisa naturalíssima quando o estômago reclama, e nunca chegará a compreender a poesia do pôr do sol. Será uma boa mãe de família, segundo a doutrina de alguns padres-mestres da civilização, isto é, fecunda e ignorante.

Já não será do mesmo sentir o leitor que tiver passado a segunda mocidade e vir diante de si uma velhice sem recurso. Para esse, a *Miss Dollar* verdadeiramente digna de ser contada em algumas páginas seria uma boa inglesa de cinquenta anos, dotada com algumas mil libras esterlinas, e que, aportando ao Brasil em procura de assunto para escrever um romance, realizasse um romance verdadeiro, casando com o leitor aludido. Uma tal *Miss Dollar* seria incompleta se não tivesse óculos verdes e um grande cacho de cabelo grisalho em cada fonte. Luvas de renda branca e chapéu de linho em forma de cuia seriam a última demão deste magnífico tipo de ultramar.

Mais esperto que os outros, acode um leitor dizendo que a heroína do romance não é nem foi inglesa, mas brasileira dos quatro costados, e que o nome de *Miss Dollar* quer dizer simplesmente que a rapariga é rica.

A descoberta seria excelente, se fosse exata; infelizmente nem esta nem as outras são exatas. A *Miss Dollar* do romance não é a menina romântica, nem a mulher robusta, nem a velha literata, nem a brasileira rica. Falha desta vez a proverbial perspicácia dos leitores; *Miss Dollar* é uma cadelinha galga.

Para algumas pessoas a qualidade da heroína fará perder o interesse do romance. Erro manifesto. *Miss Dollar,* apesar de não ser mais que uma cadelinha galga, teve as honras de ver o seu nome nos papéis públicos, antes de entrar para este livro. O *Jornal do Comércio* e o *Correio Mercantil* publicaram nas colunas dos anúncios as seguintes linhas reverberantes de promessa:

Desencaminhou-se uma cadelinha galga, na noite de ontem, 30. Acode ao nome de Miss Dollar. *Quem a achou e quiser levar à Rua de Mata-cavalos nº..., receberá duzentos mil-réis de recompensa.* Miss Dollar *tem uma coleira ao pescoço fechada por um cadeado em que se leem as seguintes palavras:*

De tout mon coeur.

Todas as pessoas que sentiam necessidade urgente de duzentos mil-réis, e tiveram a felicidade de ler aquele anúncio, andaram nesse dia com extremo cuidado nas ruas do Rio de Janeiro, a ver se davam com a fugitiva *Miss Dollar.* Galgo que aparecesse ao longe era perseguido com tenacidade até verificar-se que não era o animal procurado. Mas toda esta caçada dos duzentos mil-réis era completamente inútil, visto que, no dia em que apareceu o anúncio, já *Miss Dollar* estava aboletada na casa de um sujeito morador nos Cajueiros que fazia coleção de cães.

Capítulo II

Quais as razões que induziram o Dr. Mendonça a fazer coleção de cães, é coisa que ninguém podia dizer; uns queriam que fosse simplesmente paixão por esse símbolo da fidelidade ou do servilismo; outros pensavam antes que, cheio de profundo desgosto pelos homens, Mendonça achou que era de boa guerra adorar os cães.

Fossem quais fossem as razões, o certo é que ninguém possuía mais bonita e variada coleção do que ele. Tinha-os de todas as raças, tamanhos e cores. Cuidava deles como se fossem seus filhos; se algum lhe morria ficava melancólico. Quase se pode dizer que, no espírito de Mendonça, o cão pesava tanto como o amor, segundo uma expressão célebre: tirai do mundo o cão, e o mundo será um ermo.

O leitor superficial conclui daqui que o nosso Mendonça era um homem excêntrico. Não era. Mendonça era um homem como os outros; gostava de cães como outros gostam de flores. Os cães eram as suas rosas e violetas; cultivava-os com o mesmíssimo esmero. De flores gostava também; mas gostava delas nas plantas em que nasciam: cortar um jasmim ou prender um canário parecia-lhe idêntico atentado.

Era o Dr. Mendonça homem de seus trinta e quatro anos, bem-apessoado, maneiras francas e distintas. Tinha-se formado em medicina e tratou algum tempo de doentes; a clínica estava já adiantada quando sobreveio uma epidemia na capital; o Dr. Mendonça inventou um elixir contra a doença; e tão excelente era o elixir, que o autor ganhou um bom par de contos de réis. Agora exercia a medicina como amador. Tinha quanto bastava para si e a família. A família compunha-se dos animais citados acima.

Na memorável noite em que se desencaminhou *Miss Dollar,* voltava Mendonça para casa quando teve a ventura de encontrar a fugitiva no Rocio. A cadelinha entrou a acompanhá-lo, e ele, notando que era animal sem dono visível, levou-a consigo para os Cajueiros.

Apenas entrou em casa examinou cuidadosamente a cadelinha. *Miss Dollar* era realmente um mimo; tinha as formas delgadas e graciosas da sua fidalga raça; os olhos castanhos e aveludados pareciam exprimir a mais completa felicidade deste mundo, tão alegres e serenos eram. Mendonça contemplou-a e examinou minuciosamente. Leu o dístico do cadeado que fechava a coleira, e convenceu-se finalmente de que a cadelinha era animal de grande estimação da parte de quem quer que fosse dono dela.

– Se não aparecer o dono, fica comigo – disse ele entregando *Miss Dollar* ao moleque encarregado dos cães.

Tratou o moleque de dar comida a *Miss Dollar,* enquanto Mendonça planejava um bom futuro à nova hóspede, cuja família devia perpetuar-se na casa.

O plano de Mendonça durou o que duram os sonhos: o espaço de uma noite. No dia seguinte, lendo os jornais, viu o anúncio transcrito acima, prometendo duzentos mil-réis a quem entregasse a cadelinha fugitiva. A sua paixão pelos cães deu-lhe a medida da dor que devia sofrer o dono ou dona de

Miss Dollar, visto que chegava a oferecer duzentos mil-réis de gratificação a quem apresentasse a galga. Consequentemente resolveu restituí-la, com bastante mágoa do coração. Chegou a hesitar por alguns instantes; mas afinal venceram os sentimentos de probidade e compaixão, que era o apanágio daquela alma. E, como se lhe custasse despedir-se do animal, ainda recente na casa, dispôs-se a levá-lo ele mesmo, e para esse fim preparou-se. Almoçou, e depois de averiguar bem se *Miss Dollar* havia feito a mesma operação, saíram ambos de casa com direção a Mata-cavalos.

Naquele tempo ainda o Barão do Amazonas não tinha salvo a independência das repúblicas platinas mediante a vitória de Riachuelo, nome com que depois a Câmara Municipal crismou a Rua de Mata-cavalos. Vigorava, portanto, o nome tradicional da rua, que não queria dizer coisa nenhuma de jeito.

A casa que tinha o número indicado no anúncio era de bonita aparência e indicava certa abastança nos haveres de quem lá morasse. Antes mesmo que Mendonça batesse palmas no corredor, já *Miss Dollar,* reconhecendo os pátrios lares, começava a pular de contente e a soltar uns sons alegres e guturais que, se houvesse entre os cães literatura, deviam ser um hino de ação de graças.

Veio um moleque saber quem estava; Mendonça disse que vinha restituir a galga fugitiva. Expansão do rosto do moleque, que correu a anunciar a boa nova. *Miss Dollar,* aproveitando uma fresta, precipitou-se pelas escadas acima. Dispunha-se Mendonça a descer, pois estava cumprida a sua tarefa, quando o moleque voltou dizendo-lhe que subisse e entrasse para a sala.

Na sala não havia ninguém. Algumas pessoas, que têm salas elegantemente dispostas, costumam deixar tempo de serem estas admiradas pelas visitas, antes de as virem cumprimentar. É possível que esse fosse o costume dos donos daquela casa, mas desta vez não se cuidou em semelhante coisa, porque mal o médico entrou pela porta do corredor surgiu de outra interior uma velha com *Miss Dollar* nos braços e a alegria no rosto.

– Queira ter a bondade de sentar-se – disse ela designando uma cadeira a Mendonça.

– A minha demora é pequena – disse o médico sentando-se. – Vim trazer-lhe a cadelinha que está comigo desde ontem.

– Não imagina que desassossego causou cá em casa a ausência de *Miss Dollar*...

– Imagino, minha senhora; eu também sou apreciador de cães, e se me faltasse um sentiria profundamente. A sua *Miss Dollar*...

– Perdão! – interrompeu a velha – minha não; *Miss Dollar* não é minha, é de minha sobrinha.

– Ah!...

– Ela aí vem.

Mendonça levantou-se justamente quando entrava na sala a sobrinha em questão. Era uma moça que representava vinte e oito anos, no pleno desenvolvimento da sua beleza, uma dessas mulheres que anunciam velhice tardia e imponente. O vestido de seda escura dava singular realce à cor imensamente branca da sua pele. Era roçagante o vestido, o que lhe aumentava a majestade do porte e da estatura. O corpinho do vestido cobria-lhe todo o colo; mas adivinhava-se por baixo da seda um belo tronco de mármore modelado por escritor divino. Os cabelos castanhos e naturalmente ondeados estavam penteados com essa simplicidade caseira, que é a melhor de todas as modas conhecidas; ornavam-lhe graciosamente a fronte como uma coroa doada pela natureza. A extrema brancura da pele não tinha o menor tom cor-de-rosa que lhe fizesse harmonia e contraste. A boca era pequena, e tinha uma certa expressão imperiosa. Mas a grande distinção daquele rosto, aquilo que mais prendia os olhos, eram os olhos; imaginem duas esmeraldas nadando em leite.

Mendonça nunca vira olhos verdes em toda a sua vida; disseram-lhe que existiam olhos verdes, e ele sabia de cor uns versos célebres de Gonçalves Dias; mas até então os tais olhos eram para ele a mesma coisa que a fênix dos antigos. Um dia, conversando com uns amigos a propósito disto, afirmava que se alguma vez encontrasse um par de olhos verdes fugiria deles com terror.

– Por quê? – perguntou-lhe um dos circunstantes admirado.

– A cor verde é a cor do mar – respondeu Mendonça –; evito as tempestades de um; evitarei as tempestades dos outros.

Eu deixo ao critério do leitor esta singularidade de Mendonça, que de mais a mais é *preciosa,* no sentido de Molière.

Capítulo III

Mendonça cumprimentou respeitosamente a recém-chegada, e esta, com um gesto, convidou-o a sentar-se outra vez.

– Agradeço-lhe infinitamente o ter-me restituído este pobre animal, que me merece grande estima – disse Margarida sentando-se.

– E eu dou graças a Deus por tê-lo achado; podia ter caído em mãos que o não restituíssem.

Margarida fez um gesto a *Miss Dollar,* e a cadelinha, saltando do regaço da velha, foi ter com Margarida; levantou as patas dianteiras e pôs-lhas sobre os joelhos; Margarida e *Miss Dollar* trocaram um longo olhar de afeto. Durante esse tempo uma das mãos da moça brincava com uma das orelhas da galga, e dava assim lugar a que Mendonça admirasse os seus belíssimos dedos armados com unhas agudíssimas.

Mas, conquanto Mendonça tivesse sumo prazer em estar ali, reparou que era esquisita e humilhante a sua demora. Parecia estar esperando a gratificação. Para escapar a essa interpretação desairosa, sacrificou o prazer da conversa e a contemplação da moça; levantou-se dizendo:

– A minha missão está cumprida...

– Mas... – interrompeu a velha.

Mendonça compreendeu a ameaça da interrupção da velha.

– A alegria – disse ele – que restituí a esta casa é a maior recompensa que eu podia ambicionar. Agora peço-lhes licença...

As duas senhoras compreenderam a intenção de Mendonça; a moça pagou-lhe a cortesia com um sorriso; e a velha, reunindo no pulso quantas forças ainda lhe restavam pelo corpo todo, apertou *com amizade* a mão do rapaz.

Mendonça saiu impressionado pela interessante Margarida. Notava-lhe principalmente, além da beleza, que era de primeira água, certa severidade triste no olhar e nos modos. Se aquilo era caráter da moça, dava-se bem com a índole de médico; se era resultado de algum episódio da vida, era uma página do romance que devia ser decifrada por olhos hábeis. A falar verdade, o único defeito que Mendonça lhe achou foi a cor dos olhos, não porque a cor fosse feia, mas porque ele tinha prevenção contra os olhos verdes. A prevenção, cumpre dizê-lo, era mais literária que outra coisa; Mendonça apegava-se à frase que uma vez proferira, e foi acima citada, e a frase é que lhe produziu a prevenção. Não mo acusem de chofre; Mendonça era homem inteligente, instruído e dotado de bom senso; tinha, além disso, grande tendência para as afeições românticas; mas apesar disso lá tinha calcanhar o nosso Aquiles. Era homem como os outros, outros Aquiles andam por aí que são da cabeça aos pés um imenso calcanhar. O ponto vulnerável de Mendonça era esse; o amor de uma frase era capaz de violentar-lhe afetos; sacrificava uma situação a um período arredondado.

Referindo a um amigo o episódio da galga e a entrevista com Margarida, Mendonça disse que poderia vir a gostar dela se não tivesse olhos verdes. O amigo riu com certo ar de sarcasmo.

– Mas, doutor – disse-lhe ele –, não compreendo essa prevenção; eu ouço até dizer que os olhos verdes são de ordinário núncios de boa alma. Além de que, a cor dos olhos não vale nada, a questão é a expressão deles. Podem ser azuis como o céu e pérfidos como o mar.

A observação deste amigo anônimo tinha a vantagem de ser tão poética como a de Mendonça. Por isso abalou profundamente o ânimo do médico. Não ficou este como o asno de Buridan entre a selha d'água e a quarta de cevada; o asno hesitaria, Mendonça não hesitou. Acudiu-lhe de pronto a lição do casuísta Sánchez, e das duas opiniões tomou a que lhe pareceu *provável*.

Algum leitor grave achará pueril esta circunstância dos olhos verdes e esta controvérsia sobre a qualidade provável deles. Provará com isso que tem pouca prática do mundo. Os almanaques pitorescos citam até a saciedade mil excentricidades e senões dos grandes varões que a humanidade admira, já por instruídos nas letras, já por valentes nas armas; e nem por isso deixamos de admirar esses mesmos varões. Não queira o leitor abrir uma exceção só para encaixar nela o nosso doutor. Aceitamo-lo com os seus ridículos; quem os não tem? O ridículo é uma espécie de lastro da alma quando ela entra no mar da vida; algumas fazem toda a navegação sem outra espécie de carregamento.

Para compensar essas fraquezas, já disse que Mendonça tinha qualidades não vulgares. Adotando a opinião que lhe pareceu mais provável, que foi a do amigo, Mendonça disse consigo que nas mãos de Margarida estava talvez a chave do seu futuro. Ideou nesse sentido um plano de felicidade; uma casa num ermo, olhando para o mar ao lado do ocidente, a fim de poder assistir ao espetáculo do pôr do sol. Margarida e ele, unidos pelo amor e pela Igreja, beberiam ali, gota a gota, a taça inteira da celeste felicidade. O sonho de Mendonça continha outras particularidades que seria ocioso mencionar aqui. Mendonça pensou nisto alguns dias; chegou a passar algumas vezes por Mata-cavalos; mas tão infeliz que nunca viu Margarida nem a tia; afinal desistiu da empresa e voltou aos cães.

A coleção de cães era uma verdadeira galeria de homens ilustres. O mais estimado deles chamava-se *Diógenes;* havia um galgo que acudia ao nome de *César;* um cão d'água que se chamava *Nélson; Cornélia* chamava-se uma cadelinha rateira e *Calígula* um enorme cão de fila, vera-efígie do grande monstro que a sociedade romana produziu. Quando se achava entre toda essa gente, ilustre por diferentes títulos, dizia Mendonça que entrava na história; era assim que se esquecia do resto do mundo.

Capítulo IV

Achava-se Mendonça uma vez à porta do Carceller, onde acabava de tomar sorvete em companhia de um indivíduo, amigo dele, quando viu passar um carro, e dentro do carro duas senhoras que lhe pareceram as senhoras de Mata-cavalos. Mendonça fez um movimento de espanto que não escapou ao amigo.

– Que foi? – perguntou-lhe este.

– Nada; pareceu-me conhecer aquelas senhoras. Viste-as, Andrade?

– Não.

O carro entrara na Rua do Ouvidor; os dois subiram pela mesma rua. Logo acima da Rua da Quitanda, parara o carro à porta de uma loja, e as senhoras apearam-se e entraram. Mendonça não as viu sair; mas viu o carro e suspeitou que fosse o mesmo. Apressou o passo sem dizer nada a Andrade, que fez o mesmo, movido por essa natural curiosidade que sente um homem quando percebe algum segredo oculto.

Poucos instantes depois estavam à porta da loja; Mendonça verificou que eram as duas senhoras de Mata-cavalos. Entrou afoito, com ar de quem ia comprar alguma coisa, e aproximou-se das senhoras. A primeira que o conheceu foi a tia. Mendonça cumprimentou-as respeitosamente. Elas receberam o cumprimento com afabilidade. Ao pé de

Margarida estava *Miss Dollar,* que, por esse admirável faro que a natureza concedeu aos cães e aos cortesãos da fortuna, deu dois saltos de alegria apenas viu Mendonça, chegando a tocar-lhe o estômago com as patas dianteiras.

– Parece que *Miss Dollar* ficou com boas recordações suas – disse D. Antônia (assim se chamava a tia de Margarida).

– Creio que sim – respondeu Mendonça brincando com a galga e olhando para Margarida.

Justamente nesse momento entrou Andrade.

– Só agora as reconheci – disse ele dirigindo-se às senhoras.

Andrade apertou a mão das duas senhoras, ou antes apertou a mão de Antônia e os dedos de Margarida.

Mendonça não contava com este incidente, e alegrou-se com ele por ter à mão o meio de tornar íntimas as relações superficiais que tinha com a família.

– Seria bom – disse ele a Andrade – que me apresentasses a estas senhoras.

– Pois não as conheces? – perguntou Andrade estupefato.

– Conhece-nos sem nos conhecer – respondeu sorrindo a velha tia –, por ora quem o apresentou foi *Miss Dollar.*

Antônia referiu a Andrade a perda e o achado da cadelinha.

– Pois, nesse caso – respondeu Andrade –, apresento-o já.

Feita a apresentação oficial, o caixeiro trouxe a Margarida os objetos que ela havia comprado, e as duas senhoras despediram-se dos rapazes pedindo-lhes que as fossem ver.

Não citei nenhuma palavra de Margarida no diálogo acima transcrito, porque, a falar verdade, a moça só proferiu duas palavras a cada um dos rapazes.

– Passe bem – disse-lhes ela dando as pontas dos dedos e saindo para entrar no carro.

Ficando sós, saíram também os dois rapazes e seguiram pela Rua do Ouvidor acima, ambos calados. Mendonça pensava em Margarida; Andrade pensava nos meios de entrar na confidência de Mendonça. A vaidade tem mil formas de manifestar-se como o fabuloso Proteu. A vaidade de Andrade era ser confidente dos outros; parecia-lhe assim obter da confiança aquilo que só alcançava da indiscrição. Não lhe foi difícil apanhar o segredo de Mendonça; antes de chegar à esquina da Rua dos Ourives já Andrade sabia de tudo.

– Compreendes agora – disse Mendonça – que eu preciso ir à casa dela; tenho necessidade de vê-la; quero ver se consigo...

Mendonça estacou.

– Acaba! – disse Andrade – se consegues ser amado. Por que não? Mas desde já te digo que não será fácil.

– Por quê?

– Margarida tem rejeitado cinco casamentos.

– Naturalmente não amava os pretendentes – disse Mendonça com o ar de um geômetra que acha uma solução.

– Amava apaixonadamente o primeiro – respondeu Andrade – e não era indiferente ao último.

– Houve naturalmente intriga.

– Também não. Admiras-te? É o que me acontece. É uma rapariga esquisita. Se te achas com força de ser o Colombo daquele mundo, lança-te ao mar com a armada; mas toma cuidado com a revolta das paixões, que são os ferozes marujos destas navegações de descoberta.

Entusiasmado com esta alusão, histórica debaixo da forma de alegoria, Andrade olhou para Mendonça, que, desta vez, entregue ao pensamento da moça, não atendeu à frase do amigo. Andrade contentou-se com o seu próprio sufrágio, e sorriu com o mesmo ar de satisfação que deve ter um poeta quando escreve o último verso de um poema.

Capítulo V

Dias depois, Andrade e Mendonça foram à casa de Margarida, e lá passaram meia hora em conversa cerimoniosa.

As visitas repetiram-se; eram porém mais frequentes da parte de Mendonça que de Andrade. D. Antônia mostrou-se mais familiar que Margarida; só depois de algum tempo Margarida desceu do Olimpo do silêncio em que habitualmente se encerrara.

Era difícil deixar de o fazer. Mendonça, conquanto não fosse dado à convivência das salas, era um cavalheiro próprio para entreter senhoras que pareciam mortalmente aborrecidas. O médico sabia piano e tocava agradavelmente; a sua conversa era animada; sabia esses mil nadas que entretêm geralmente as senhoras quando elas não gostam ou não podem entrar no terreno elevado da arte, da história e da filosofia. Não foi difícil ao rapaz estabelecer intimidade com a família.

Posteriormente às primeiras visitas, soube Mendonça, por via de Andrade, que Margarida era viúva. Mendonça não reprimiu um gesto de espanto.

– Mas tu falaste de um modo que parecias tratar de uma solteira – disse ele ao amigo.

– É verdade que não me expliquei bem; os casamentos recusados foram todos propostos depois da viuvez.

– Há que tempo está viúva?

– Há três anos.

– Tudo se explica – disse Mendonça depois de algum silêncio –; quer ficar fiel à sepultura; é uma Artemisa do século.

Andrade era cético a respeito de Artemisas; sorriu à observação do amigo, e, como este insistisse, replicou:

– Mas se eu já te disse que ela amava apaixonadamente o primeiro pretendente e não era indiferente ao último.

– Então, não compreendo.

– Nem eu.

Mendonça desde esse momento tratou de cortejar assiduamente a viúva; Margarida recebeu os primeiros olhares de Mendonça com um ar de tão supremo desdém, que o rapaz esteve quase a abandonar a empresa; mas a viúva, ao mesmo tempo que parecia recusar amor, não lhe recusava estima, e tratava-o com a maior meiguice deste mundo sempre que ele a olhava como toda a gente.

Amor repelido é amor multiplicado. Cada repulsa de Margarida aumentava a paixão de Mendonça. Nem já lhe mereciam atenção o feroz *Calígula,* nem o elegante *Júlio César.* Os dois escravos de Mendonça começaram a notar a profunda diferença que havia entre as hábitos de hoje e os de outro tempo. Supuseram logo que alguma coisa o preocupava. Convenceram-se disso quando Mendonça, entrando uma vez em casa, deu com a ponta do botim no focinho de *Cornélia,* na ocasião em que esta interessante cadelinha, mãe de dois *Gracos* rateiros, festejava a chegada do doutor.

Andrade não foi insensível aos sofrimentos do amigo e procurou consolá-lo. Toda a consolação nestes casos é tão desejada quanto inútil; Mendonça ouvia as palavras de Andrade e confiava-lhe todas as suas penas. Andrade lembrou a Mendonça um excelente meio de fazer cessar a paixão: era ausentar-se da casa. A isto respondeu Mendonça citando La Rochefoucauld:

"A ausência diminui as paixões medíocres e aumenta as grandes, como o vento apaga as velas e atiça as fogueiras".

A citação teve o mérito de tapar a boca de Andrade, que acreditava tanto na constância como nas Artemisas, mas que não queria contrariar a autoridade do moralista, nem a resolução de Mendonça.

Capítulo VI

Correram assim três meses. A corte de Mendonça não adiantava um passo; mas a viúva nunca deixou de ser amável com ele. Era isto o que principalmente retinha o médico aos pés da insensível viúva; não o abandonava a esperança de vencê-la.

Algum leitor conspícuo desejaria antes que Mendonça não fosse tão assíduo na casa de uma senhora exposta às calúnias do mundo. Pensou nisso o médico e consolou a consciência com a presença de um indivíduo, até aqui não nomeado por motivo de sua nulidade, e que era nada menos que o filho da Srª D. Antônia e a menina dos seus olhos. Chamava-se Jorge esse rapaz, que gastava duzentos mil-réis por mês, sem os ganhar, graças à longanimidade da mãe. Frequentava as casas dos cabeleireiros, onde gastava mais tempo que uma romana da decadência às mãos das suas servas latinas. Não perdia representação de importância no Alcazar; montava bons cavalos, e enriquecia com despesas extraordinárias as algibeiras de algumas damas célebres e de vários parasitas obscuros. Calçava luvas da letra E e botas nº 36, duas qualidades que lançava à cara de todos os seus amigos que não desciam do nº 40 e da letra H. A presença deste gentil pimpolho achava Mendonça que salvava a situação. Mendonça queria dar esta satisfação ao mundo, isto é, à opinião dos ociosos da cidade. Mas bastaria isso para tapar a boca aos ociosos?

Margarida parecia indiferente às interpretações do mundo como à assiduidade do rapaz. Seria ela tão indiferente a tudo mais neste mundo? Não; amava a mãe, tinha um capricho por *Miss Dollar,* gostava de boa música, e lia romances. Vestia-se bem, sem ser rigorista em matéria de moda; não valsava; quando muito dançava alguma quadrilha nos saraus a que era convidada. Não falava muito, mas exprimia-se bem. Tinha o gesto gracioso e animado, mas sem pretensão nem faceirice.

Quando Mendonça aparecia lá, Margarida recebia-o com visível contentamento. O médico iludia-se sempre, apesar de já acostumado a essas manifestações. Com efeito, Margarida gostava imenso da presença do rapaz, mas não parecia dar-lhe uma importância que lisonjeasse o coração dele. Gostava de o ver como se gosta de ver um dia bonito, sem morrer de amores pelo sol.

Não era possível sofrer por muito tempo a posição em que se achava o médico. Uma noite, por um esforço de que antes disso se não julgaria capaz, Mendonça dirigiu a Margarida esta pergunta indiscreta:

– Foi feliz com seu marido?

Margarida franziu a testa com espanto e cravou os olhos nos do médico, que pareciam continuar mudamente a pergunta.

– Fui – disse ela no fim de alguns instantes.

Mendonça não disse palavra; não contava com aquela resposta. Confiava demais na intimidade que reinava entre ambos; e queria descobrir por algum modo a causa da insensibilidade da viúva. Falhou o cálculo; Margarida tornou-se séria durante algum tempo; a chegada de D. Antônia salvou uma situação esquerda para Mendonça. Pouco depois Margarida voltava às boas, e a conversa tornou-se animada e íntima como sempre. A chegada de Jorge levou a animação da conversa a proporções maiores; D. Antônia, com olhos e ouvidos de mãe, achava que o filho era o rapaz mais engraçado desse mundo; mas a verdade é que não havia em toda a cristandade espírito mais frívolo. A mãe ria-se de tudo quanto o filho dizia; o filho enchia, só ele, a conversa, referindo anedotas e reproduzindo ditos e sestros do Alcazar. Mendonça via todas essas feições do rapaz, e aturava-o com resignação evangélica.

A entrada de Jorge, animando a conversa, acelerou as horas; às dez retirou-se o médico, acompanhado pelo filho de D. Antônia, que ia cear. Mendonça recusou o convite que Jorge lhe fez, e despediu-se dele na Rua do Conde, esquina da do Lavradio.

Nessa mesma noite resolveu Mendonça dar um golpe decisivo; resolveu escrever uma carta a Margarida. Era temerário para quem conhecesse o caráter da viúva; mas, com os precedentes já mencionados, era loucura. Entretanto, não hesitou o médico em empregar a carta, confiando que no papel diria as coisas de muito melhor maneira que de boca. A carta foi escrita com febril impaciência; no dia seguinte, logo depois de almoçar, Mendonça meteu a carta dentro de um volume de George Sand, mandou-o pelo moleque a Margarida.

A viúva rompeu a capa de papel que embrulhava o volume, e pôs o livro sobre a mesa da sala; meia hora depois voltou e pegou no livro para ler. Apenas o abriu, caiu-lhe a carta aos pés. Abriu-a e leu o seguinte:

Qualquer que seja a causa da sua esquivança, respeito-a, não me insurjo contra ela. Mas, se não me é dado insurgir-me, não me será lícito queixar-me? Há de ter compreendido o meu amor, do mesmo modo que tenho compreendido a sua indiferença; mas, por maior que seja essa indiferença, está longe de ombrear com o amor profundo e imperioso que se apossou de meu coração quando eu mais longe me cuidava destas paixões dos primeiros anos. Não lhe contarei as insônias e as lágrimas, as esperanças e os desencantos, páginas tristes deste livro que o destino põe nas mãos do homem para que duas almas o leiam. É-lhe indiferente isso.

Não ouso interrogá-la sobre a esquivança que tem mostrado em relação a mim; mas por que motivo se estende essa esquivança a tantos mais? Na idade das paixões férvidas, ornada pelo céu com uma beleza rara, por que motivo quer esconder-se ao mundo e defraudar a natureza e o coração de seus incontestáveis direitos? Perdoe-me a audácia da pergunta; acho-me diante de um enigma que o meu coração desejaria decifrar. Penso às vezes que alguma grande dor a atormenta, e quisera ser o médico do seu coração; ambicionava, confesso, restaurar-lhe alguma ilusão perdida. Parece que não há ofensa nesta ambição.

Se, porém, essa esquivança denota simplesmente um sentimento de orgulho legítimo, perdoe-me se ousei escrever-lhe quando seus olhos expressamente mo proibiram. Rasgue a carta que não pode valer-lhe uma recordação, nem representar uma arma.

A carta era toda de reflexão; a frase fria e medida não exprimia o fogo do sentimento. Não terá, porém, escapado ao leitor a sinceridade e a simplicidade com que Mendonça pedia uma explicação que Margarida provavelmente não podia dar.

Quando Mendonça disse a Andrade haver escrito a Margarida, o amigo do médico entrou a rir despregadamente.

– Fiz mal? – perguntou Mendonça.

– Estragaste tudo. Os outros pretendentes começaram também por carta; foi justamente a certidão de óbito do amor.

– Paciência, se acontecer o mesmo – disse Mendonça levantando os ombros com aparente indiferença –; mas eu desejava que não estivesses sempre a falar nos pretendentes; eu não sou pretendente no sentido desses.

– Não querias casar com ela?

– Sem dúvida, se fosse possível – respondeu Mendonça.

– Pois era justamente o que os outros queriam; casar-te-ias e entrarias na mansa posse dos bens que lhe couberam em partilha e que sobem a muito mais de cem contos. Meu rico, se falo em pretendentes não é por te ofender, porque um dos quatro pretendentes despedidos fui eu.

– Tu?

– É verdade; mas descansa, não fui o primeiro, nem ao menos o último.

– Escreveste?

– Como os outros; como eles, não obtive resposta; isto é, obtive uma: devolveu-me a carta. Portanto, já que lhe escreveste, espera o resto; verás se o que te digo é ou não exato. Estás perdido, Mendonça; fizeste muito mal.

Andrade tinha esta feição característica de não omitir nenhuma das cores sombrias de uma situação, com o pretexto de que aos amigos se deve a verdade. Desenhado o quadro, despediu-se de Mendonça, e foi adiante.

Mendonça foi para casa, onde passou a noite em claro.

Capítulo VII

Enganara-se Andrade; a viúva respondeu à carta do médico. A carta dela limitou-se a isto:

Perdoo-lhe tudo; não lhe perdoarei se me escrever outra vez. A minha esquivança não tem nenhuma causa; é questão de temperamento.

O sentido da carta era ainda mais lacônico do que a expressão. Mendonça leu-a muitas vezes, a ver se a completava; mas foi trabalho perdido. Uma coisa concluiu ele logo; era que havia coisa oculta que arredava Margarida do casamento; depois concluiu outra, era que Margarida ainda lhe perdoaria segunda carta se lha escrevesse.

A primeira vez que Mendonça foi a Mata-cavalos achou-se embaraçado sobre a maneira por que falaria a Margarida; a viúva tirou-o do embaraço, tratando-o como se nada houvesse entre ambos. Mendonça não teve ocasião de aludir às cartas por causa da presença de D. Antônia, mas estimou isso mesmo, porque não sabia o que lhe diria caso viessem a ficar sós os dois.

Dias depois, Mendonça escreveu segunda carta à viúva e mandou-lha pelo mesmo canal da outra. A carta foi-lhe devolvida sem resposta. Mendonça arrependeu-se de ter abusado da ordem da moça, e resolveu, de uma vez por todas, não voltar à casa de Mata-cavalos. Nem tinha ânimo de lá aparecer, nem julgava conveniente estar junto de uma pessoa a quem amava sem esperança.

Ao cabo de um mês não tinha perdido uma partícula sequer do sentimento que nutria pela viúva. Amava-a com o mesmíssimo ardor. A ausência, como ele pensara, aumentou-lhe o amor, como o vento ateia um incêndio. Debalde lia ou buscava distrair-se na vida agitada do Rio de Janeiro; entrou a escrever um estudo sobre a teoria do ouvido, mas a pena escapava-se-lhe para o coração, e saiu o escrito com uma mistura de nervos e sentimentos. Estava então na sua maior nomeada o *romance* de Renan sobre a vida de Jesus; Mendonça encheu o gabinete com todos os folhetos publicados de parte a parte, e entrou a estudar profundamente o misterioso drama da Judeia. Fez quanto pôde para absorver o espírito e esquecer a esquiva Margarida; era-lhe impossível.

Um dia de manhã apareceu-lhe em casa o filho de D. Antônia; traziam-no dois motivos: perguntar-lhe por que não ia a Mata-cavalos, e mostrar-lhe umas calças novas. Mendonça aprovou as calças, e desculpou como pôde a ausência, dizendo que andava atarefado. Jorge não era alma que compreendesse a verdade escondida por baixo de uma palavra indiferente; vendo Mendonça mergulhado no meio de uma chusma de livros e folhetos, perguntou-lhe se estava estudando para ser deputado. Jorge cuidava que se estudava para ser deputado!

– Não – respondeu Mendonça.

– É verdade que a prima também lá anda com livros, e não creio que pretenda ir à Câmara.

– Ah! sua prima?

– Não imagina; não faz outra coisa. Fecha-se no quarto, e passa os dias inteiros a ler.

Informado por Jorge, Mendonça supôs que Margarida era nada menos que uma mulher de letras, alguma modesta poetisa, que esquecia o amor dos homens nos braços das musas. A suposição era gratuita e filha mesmo de um espírito cego pelo amor como o de Mendonça. Há várias razões para ler muito sem ter comércio com as musas.

– Note que a prima nunca leu tanto; agora é que lhe deu para isso – disse Jorge tirando da charuteira um magnífico havana do valor de três tostões, e oferecendo outro a Mendonça. – Fume isto – continuou ele –, fume e diga-me se há ninguém como o Bernardo para ter charutos bons.

Gastos os charutos, Jorge despediu-se do médico levando a promessa de que este iria à casa de D. Antônia o mais cedo que pudesse.

No fim de quinze dias Mendonça voltou a Mata-cavalos.

Encontrou na sala Andrade e D. Antônia, que o receberam com aleluias. Mendonça parecia com efeito ressurgir de um túmulo; tinha emagrecido e empalidecido. A melancolia dava-lhe ao rosto maior expressão de abatimento. Alegou trabalhos extraordinários, e entrou a conversar alegremente como dantes. Mas essa alegria, como se compreende, era toda forçada. No fim de um quarto de hora a tristeza apossou-se-lhe outra vez do rosto. Durante esse tempo, Margarida não apareceu na sala; Mendonça, que até então não perguntara por ela, não sei por que razão, vendo que ela não aparecia, perguntou se estava doente. D. Antônia respondeu-lhe que Margarida estava um pouco incomodada.

O incômodo de Margarida durou uns três dias; era uma simples dor de cabeça, que o primo atribuiu à aturada leitura.

No fim de alguns dias mais, D. Antônia foi surpreendida com uma lembrança de Margarida; a viúva queria ir viver na roça algum tempo.

– Aborrece-te a cidade? – perguntou a boa velha.

– Alguma coisa – respondeu Margarida –; queria ir viver uns dois meses na roça.

D. Antônia não podia recusar nada à sobrinha; concordou em ir para a roça; e começaram os preparativos. Mendonça soube da mudança no Rocio, andando a passear de noite; disse-lho Jorge na ocasião de ir para o Alcazar. Para o rapaz era uma fortuna aquela mudança, porque suprimia-lhe a única obrigação que ainda tinha neste mundo, que era a de ir jantar com a mãe.

Não achou Mendonça nada que admirar na resolução; as resoluções de Margarida começavam a parecer-lhe simplicidades.

Quando voltou para casa encontrou um bilhete de D. Antônia concebido nestes termos:

Temos de ir para fora alguns meses; espero que não nos deixe sem despedir-se de nós. A partida é sábado; e eu quero incumbi-lo de uma coisa.

Mendonça tomou chá, e dispôs-se a dormir. Não pôde. Quis ler; estava incapaz disso. Era cedo; saiu. Insensivelmente dirigiu os passos para Mata-cavalos. A casa de D. Antônia estava fechada e silenciosa; evidentemente estavam já dormindo. Mendonça passou adiante, e parou junto da grade do jardim adjacente à casa. De fora podia ver a janela do quarto de Margarida, pouco elevada, e dando para o jardim. Havia luz dentro; naturalmente Margarida estava acordada. Mendonça deu mais alguns passos; a porta do jardim estava aberta. Mendonça sentiu pulsar-lhe o coração com força desconhecida. Surgiu-lhe no espírito uma suspeita. Não há coração confiante que não tenha desfalecimentos destes; além de que, seria errada a suspeita? Mendonça, entretanto, não tinha nenhum direito à viúva; fora repelido categoricamente. Se havia algum dever da parte dele era a retirada e o silêncio.

Mendonça quis conservar-se no limite que lhe estava marcado; a porta aberta do jardim podia ser esquecimento da parte dos fâmulos. O médico refletiu bem que aquilo tudo era fortuito, e fazendo um esforço afastou-se do lugar. Adiante parou e refletiu; havia um demônio que o impelia por aquela porta dentro. Mendonça voltou, e entrou com precaução.

Apenas dera alguns passos surgiu-lhe em frente *Miss Dollar* latindo; parece que a galga saíra de casa sem ser pressentida; Mendonça amimou-a e a cadelinha parece que reconheceu o médico, porque trocou os latidos em festas. Na parede do quarto de Margarida desenhou-se uma sombra de mulher; era a viúva que chegava à janela para ver a causa do ruído. Mendonça coseu-se como pôde com uns arbustos que ficavam junto da grade; não vendo ninguém, Margarida voltou para dentro.

Passados alguns minutos, Mendonça saiu do lugar em que se achava e dirigiu-se para o lado da janela da viúva. Acompanhava-o *Miss Dollar*. Do jardim não podia olhar, ainda que fosse mais alto, para o aposento da moça. A cadelinha apenas chegou àquele ponto, subiu ligeira uma escada de pedra que comunicava o jardim com a casa; a porta do quarto de Margarida ficava justamente no corredor que se seguia à escada; a porta estava aberta. O rapaz imitou a cadelinha; subiu os seis degraus de pedra vagarosamente; quando pôs o pé no último ouviu *Miss Dollar* pulando no quarto e vindo latir à porta, como que avisando a Margarida de que se aproximava um estranho.

Mendonça deu mais um passo. Mas nesse momento atravessou o jardim um escravo que acudia ao latido da cadelinha; o escravo examinou o jardim, e não vendo ninguém retirou-se. Margarida foi à janela e perguntou o que era; o escravo explicou-lho e tranquilizou-a dizendo que não havia ninguém.

Justamente quando ela saía da janela aparecia à porta a figura de Mendonça. Margarida estremeceu por um abalo nervoso; ficou mais pálida do que era; depois, concentrando nos olhos toda a soma de indignação que pode conter um coração, perguntou-lhe com voz trêmula:

– Que quer aqui?

Foi nesse momento, e só então, que Mendonça reconheceu toda a baixeza do seu procedimento, ou, para falar mais acertadamente, toda a alucinação do seu espírito. Pareceu-lhe ver em Margarida a figura da sua consciência, a exprobar-lhe tamanha indignidade.

O pobre rapaz não procurou desculpar-se; a sua resposta foi singela e verdadeira.

– Sei que cometi um ato infame – disse ele –; não tinha razão para isso; estava louco; agora conheço a extensão do mal. Não lhe peço que me desculpe, D. Margarida; não mereço perdão; mereço desprezo; adeus!

– Compreendo, senhor – disse Margarida –; quer obrigar-me pela força do descrédito quando me não pode obrigar pelo coração. Não é de cavalheiro.

– Oh! isso... juro-lhe que não foi tal o meu pensamento...

Margarida caiu numa cadeira parecendo chorar. Mendonça deu um passo para entrar, visto que até então não saíra da porta; Margarida levantou os olhos cobertos de lágrimas, e com um gesto imperioso mostrou-lhe que saísse.

Mendonça obedeceu; nem um nem outro dormiram nessa noite.

Ambos curvavam-se ao peso da vergonha: mas, por honra de Mendonça, a dele era maior que a dela; e a dor de uma não ombreava com o remorso de outro.

Capítulo VIII

No dia seguinte estava Mendonça em casa fumando charutos sobre charutos, recurso das grandes ocasiões, quando parou à porta dele um carro, apeando-se pouco depois a mãe de Jorge. A visita pareceu de mau agouro ao médico. Mas apenas a velha entrou, dissipou-lhe o receio.

– Creio – disse D. Antônia – que a minha idade permite visitar um homem solteiro.

Mendonça procurou sorrir ouvindo este gracejo; mas não pôde. Convidou a boa senhora a sentar-se, e sentou-se ele também esperando que ela lhe explicasse a causa da visita.

– Escrevi-lhe ontem – disse ela – para que fosse ver-me hoje; preferi vir cá, receando que por qualquer motivo não fosse a Mata-cavalos.

– Queria então incumbir-me?

– De coisa nenhuma – respondeu a velha sorrindo –; incumbir disse-lhe eu, como diria qualquer outra coisa indiferente; quero informá-lo.

– Ah! de quê?

– Sabe quem ficou hoje de cama?

– D. Margarida?

– É verdade; amanheceu um pouco doente; diz que passou a noite mal. Eu creio que sei a razão – acrescentou D. Antônia rindo maliciosamente para Mendonça.

– Qual será então a razão? – perguntou o médico.

– Pois não percebe?

– Não.

– Margarida ama-o.

Mendonça levantou-se da cadeira como por uma mola. A declaração da tia da viúva era tão inesperada que o rapaz cuidou estar sonhando.

– Ama-o – repetiu D. Antônia.

– Não creio – respondeu Mendonça depois de algum silêncio –; há de ser engano seu.

– Engano! – disse a velha.

D. Antônia contou a Mendonça que, curiosa por saber a causa das vigílias de Margarida, descobrira no quarto dela um *diário de impressões,* escrito por ela, à imitação de não sei quantas heroínas de romances; aí lera a verdade que lhe acabava de dizer.

– Mas se me ama – observou Mendonça sentindo entrar-lhe n'alma um mundo de esperança –, se me ama, por que recusa o meu coração?

– O *diário* explica isso mesmo; eu lhe digo. Margarida foi infeliz no casamento; o marido teve unicamente em vista gozar da riqueza dela; Margarida adquiriu a certeza de que nunca será amada por si, mas pelos cabedais que possui; atribui o seu amor à cobiça. Está convencido?

Mendonça começou a protestar.

– É inútil – disse D. Antônia –, eu creio na sinceridade do seu afeto; já de há muito percebi isso mesmo; mas como convencer um coração desconfiado?

– Não sei.

– Nem eu – disse a velha –, mas para isso é que eu vim cá; peço-lhe que veja se pode fazer com que a minha Margarida torne a ser feliz, se lhe influi a crença no amor que lhe tem.

– Acho que é impossível...

Mendonça lembrou-se de contar a D. Antônia a cena da véspera; mas arrependeu-se a tempo.

D. Antônia saiu pouco depois.

A situação de Mendonça, ao passo que se tornara mais clara, estava mais difícil que dantes. Era possível tentar alguma coisa antes da cena do quarto; mas depois, achava Mendonça impossível conseguir nada.

A doença de Margarida durou dois dias, no fim dos quais levantou-se a viúva um pouco abatida, e a primeira coisa que fez foi escrever a Mendonça pedindo-lhe que fosse lá à casa.

Mendonça admirou-se bastante do convite, e obedeceu de pronto.

– Depois do que se deu há três dias – disse-lhe Margarida –, compreende o senhor que eu não posso ficar debaixo da ação da maledicência... Diz que me ama; pois bem, o nosso casamento é inevitável.

Inevitável! amargou esta palavra ao médico, que aliás não podia recusar uma reparação. Lembrava-se ao mesmo tempo que era amado; e, conquanto a ideia lhe sorrisse ao espírito, outra vinha dissipar esse instantâneo prazer, e era a suspeita que Margarida nutria a seu respeito.

– Estou às suas ordens – respondeu ele.

Admirou-se D. Antônia da presteza do casamento quando Margarida lho anunciou nesse mesmo dia. Supôs que fosse milagre do rapaz. Pelo tempo adiante reparou que os noivos tinham cara mais de enterro que de casamento. Interrogou a sobrinha a esse respeito; obteve uma resposta evasiva.

Foi modesta e reservada a cerimônia do casamento. Andrade serviu de padrinho, D. Antônia de madrinha; Jorge falou no Alcazar a um padre, seu amigo, para celebrar o ato.

D. Antônia quis que os noivos ficassem residindo em casa com ela. Quando Mendonça se achou a sós com Margarida, disse-lhe:

– Casei-me para salvar-lhe a reputação; não quero obrigar pela fatalidade das coisas um coração que me não pertence. Ter-me-á por seu amigo; até amanhã.

Saiu Mendonça depois deste *speech,* deixando Margarida suspensa entre o conceito que fazia dele e a impressão das suas palavras agora.

Não havia posição mais singular do que a destes noivos separados por uma quimera. O mais belo dia da vida tornava-se para eles um dia de desgraça e de solidão; a formalidade do casamento foi simplesmente o prelúdio do mais completo divórcio. Menos ceticismo da parte de Margarida, mais cavalheirismo da parte do rapaz teriam poupado o desenlace sombrio da comédia do coração. Vale mais imaginar que descrever as torturas daquela primeira noite de noivado.

Mas aquilo que o espírito do homem não vence há de vencê-lo o tempo, a quem cabe final razão. O tempo convenceu Margarida de que a sua suspeita era gratuita; e, coincidindo com ele o coração, veio a tornar-se efetivo o casamento apenas celebrado.

Andrade ignorou estas coisas; cada vez que encontrava Mendonça chamava-lhe Colombo do amor; tinha Andrade a mania de todo o sujeito a quem as ideias ocorrem trimestralmente; apenas pilhada alguma de jeito repetia-a até a saciedade.

Os dois esposos são ainda noivos e prometem sê-lo até a morte. Andrade meteu-se na diplomacia e promete ser um dos luzeiros da nossa representação internacional. Jorge continua a ser um bom pândego; D. Antônia prepara-se para despedir-se do mundo.

Quanto a *Miss Dollar,* causa indireta de todos estes acontecimentos, saindo um dia à rua foi pisada por um carro; faleceu pouco depois. Margarida não pôde reter algumas lágrimas pela nobre cadelinha; foi o corpo enterrado na chácara, à sombra de uma laranjeira; cobre a sepultura uma lápide com esta simples inscrição:

A MISS DOLLAR.

Luís Soares

Capítulo Primeiro

Trocar o dia pela noite, dizia Luís Soares, é restaurar o império da natureza corrigindo a obra da sociedade. O calor do sol está dizendo aos homens que vão descansar e dormir, ao passo que a frescura relativa da noite é a verdadeira estação em que se deve viver. Livre em todas as minhas ações, não quero sujeitar-me à lei absurda que a sociedade me impõe: velarei de noite, dormirei de dia.

Contrariamente a vários ministérios, Soares cumpria este programa com um escrúpulo digno de uma grande consciência. A aurora para ele era o crepúsculo, o crepúsculo era a aurora. Dormia doze horas consecutivas, durante o dia, quer dizer das seis da manhã às seis da tarde. Almoçava às sete e jantava às duas da madrugada. Não ceava. A sua ceia limitava-se a uma xícara de chocolate que o criado lhe dava às cinco horas da manhã quando ele entrava para casa. Soares engolia o chocolate, fumava dois charutos, fazia alguns trocadilhos com o criado, lia uma página de algum romance, e deitava-se.

Não lia jornais. Achava que um jornal era a coisa mais inútil deste mundo, depois da Câmara dos Deputados, das obras dos poetas, e das missas. Não quer isto dizer que Soares fosse ateu em religião, política e poesia. Não. Soares era apenas indiferente. Olhava para todas as grandes coisas com a mesma cara com que via uma mulher feia. Podia vir a ser um grande perverso; até então era apenas uma grande inutilidade.

Graças a uma boa fortuna que lhe deixara o pai, Soares podia gozar a vida que levava, esquivando-se a todo o gênero de trabalho e entregue somente aos instintos da sua natureza e aos caprichos do seu coração. Coração é talvez demais. Era duvidoso que Soares o tivesse. Ele mesmo o dizia. Quando alguma dama lhe pedia que ele a amasse, Soares respondia:

– Minha rica pequena, eu nasci com a grande vantagem de não ter coisa nenhuma dentro do peito nem dentro da cabeça. Isso que chamam juízo e sentimento são para mim verdadeiros mistérios. Não os compreendo porque os não sinto.

Soares acrescentava que a fortuna suplantara a natureza deitando-lhe no berço em que nasceu uma boa soma de contos de réis. Mas esquecia que a fortuna, apesar de generosa, é exigente, e quer da parte dos seus afilhados algum esforço próprio. A fortuna não é Danaide. Quando vê que um tonel esgota a água que se lhe põe dentro vai levar os seus cântaros a outra parte. Soares não pensava nisto. Cuidava que os seus bens eram renascentes como as cabeças da hidra antiga. Gastava às mãos largas; e os contos de réis, tão dificilmente acumulados por seu pai, escapavam-se-lhes das mãos como pássaros sequiosos por gozarem do ar livre.

Achou-se, portanto, pobre quando menos o esperava. Um dia de manhã, quer dizer às ave-marias, os olhos de Soares viram escritas as palavras fatídicas do festim babilônico. Era uma carta que o criado lhe entregara dizendo que o banqueiro de Soares a havia deixado à meia-noite. O criado falava como o amo vivia: ao meio-dia chamava meia-noite.

– Já te disse – respondeu Soares – que eu só recebo cartas dos meus amigos, ou então...

– De alguma rapariga, bem sei. É por isso que lhe não tenho dado as cartas que o banqueiro tem trazido há um mês. Hoje, porém, o homem disse que era indispensável que lhe eu desse esta.

Soares sentou-se na cama, e perguntou ao criado, meio alegre e meio zangado:

– Então tu és criado dele ou meu?

– Meu amo, o banqueiro disse que se trata de um grande perigo.

– Que perigo?

– Não sei.

– Deixa ver a carta.

O criado entregou-lhe a carta.

Soares abriu-a e leu-a duas vezes. Dizia a carta que o rapaz não possuía mais que seis contos de réis. Para Soares seis contos de réis eram menos que seis vinténs.

Pela primeira vez na sua vida Soares sentiu uma grande comoção. A ideia de não ter dinheiro nunca lhe havia acudido ao espírito; não imaginava que um dia se achasse na posição de qualquer outro homem que precisava de trabalhar.

Almoçou sem vontade e saiu. Foi ao Alcazar. Os amigos acharam-no triste; perguntaram-lhe se era alguma mágoa de amor. Soares respondeu que estava doente. As Laís da localidade acharam que era de bom gosto ficarem tristes também. A consternação foi geral.

Um dos seus amigos, José Pires, propôs um passeio a Botafogo para distrair as melancolias de Soares. O rapaz aceitou. Mas o passeio a Botafogo era tão comum que não podia distraí-lo. Lembraram-se de ir ao Corcovado, ideia que foi aceita e executada imediatamente.

Mas que há que possa distrair um rapaz nas condições de Soares? A viagem ao Corcovado apenas lhe produziu uma grande fadiga, aliás útil, porque, na volta, dormiu o rapaz a sono solto.

Quando acordou mandou dizer ao Pires que viesse falar-lhe imediatamente. Daí a uma hora parava um carro à porta: era o Pires que chegava, mas acompanhado de uma rapariga morena que respondia ao nome de Vitória. Entraram os dois pela sala de Soares com a franqueza e o estrépito naturais entre pessoas de família.

– Não está doente? – perguntou Vitória ao dono da casa.

– Não – respondeu este –, mas por que veio você?

– É boa! – disse José Pires –, veio porque é a minha xícara inseparável...

– Querias falar-me em particular?

– Queria.

– Pois falemos aí em qualquer canto; Vitória fica na sala vendo os álbuns.

– Nada – interrompeu a moça –; nesse caso vou-me embora. É melhor; só imponho uma condição: é que ambos hão de ir depois lá para casa; temos ceata.

– Valeu! – disse Pires.

Vitória saiu; os dois rapazes ficaram sós.

Pires era o tipo do bisbilhoteiro e leviano. Em lhe cheirando novidade preparava-se para instruir-se de tudo. Lisonjeava-o a confiança de Soares, e adivinhava que o rapaz ia comunicar-lhe alguma coisa importante. Para isso assumiu um ar condigno com a situação. Sentou-se comodamente em uma cadeira de braços; pôs o castão da bengala na boca e começou o ataque com estas palavras:

– Estamos sós; que me queres?

Soares confiou-lhe tudo; leu-lhe a carta do banqueiro; mostrou-lhe em toda a nudez a sua miséria. Disse-lhe que naquela situação não via solução possível, e confessou ingenuamente que a ideia do suicídio o havia alimentado durante longas horas.

– Um suicídio! – exclamou Pires – Estás doido.

– Doido! – respondeu Soares – Entretanto não vejo outra saída neste beco. Demais, é apenas meio suicídio, porque a pobreza já é meia morte.

– Convenho que a pobreza não é coisa agradável, e até acho... – Pires interrompeu-se; uma ideia súbita atravessara-lhe o espírito: a ideia de que Soares acabasse a conferência por pedir-lhe dinheiro. Pires tinha um preceito na sua vida:

era não emprestar dinheiro aos amigos. Não se empresta sangue, dizia ele.

Soares não reparou na frase cortada do amigo, e disse:

– Viver pobre depois de ter sido rico... é impossível.

– Nesse caso que me queres tu? – perguntou Pires, a quem pareceu que era bom atacar o touro de frente.

– Um conselho.

– Inútil conselho, pois que já tens uma ideia fixa.

– Talvez. Entretanto confesso que não se deixa a vida com facilidade, e má ou boa, sempre custa morrer. Por outro lado, ostentar a minha miséria diante das pessoas que me viram rico é uma humilhação que eu não aceito. Que farias tu no meu lugar?

– Homem – respondeu Pires –, há muitos meios...

– Venha um.

– Primeiro meio. Vai para Nova Iorque e procura uma fortuna.

– Não me convém; nesse caso fico no Rio de Janeiro.

– Segundo meio. Arranja um casamento rico.

– É bom de dizer. Onde está esse casamento?

– Procura. Não tens uma prima que gosta de ti?

– Creio que já não gosta; e demais não é rica; tem apenas trinta contos; despesa de um ano.

– É um bom princípio de vida.

– Nada; outro meio.

– Terceiro meio, e o melhor. Vai à casa de teu tio, angaria-lhe a estima, dize que estás arrependido da vida passada, aceita um emprego, enfim vê se te constituis seu herdeiro universal.

Soares não respondeu; a ideia pareceu-lhe boa.

– Aposto que te agrada o terceiro meio? – perguntou Pires rindo.

– Não é mau. Aceito; e bem sei que é difícil e demorado; mas eu não tenho muitos à escolha.

– Ainda bem – disse Pires levantando-se. – Agora o que se quer é algum juízo. Há de custar-te o sacrifício, mas lembra-te que é o meio único de teres dentro de pouco tempo uma fortuna. Teu tio é um homem achacado de moléstias; qualquer dia bate a bota. Aproveita o tempo. E agora vamos à ceia da Vitória.

– Não vou – disse Soares –; quero acostumar-me desde já a viver vida nova.

– Bem; adeus.

– Olha; confiei-te isto a ti só; guarda-me segredo.

– Sou um túmulo – respondeu Pires descendo a escada.

Mas no dia seguinte já os rapazes e raparigas sabiam que Soares ia fazer-se anacoreta... por não ter dinheiro nenhum. O próprio Soares reconheceu isto no rosto dos amigos. Todos pareciam dizer-lhe: É pena! que pândego vamos nós perder!

Pires nunca mais o visitou.

Capítulo II

O tio de Soares chamava-se o Major Luís da Cunha Vilela, e era com efeito um homem já velho e adoentado. Contudo não se podia dizer que morreria cedo. O Major Vilela observava um rigoroso regímen que lhe ia entretendo a vida. Tinha uns bons sessenta anos. Era um velho alegre e severo ao mesmo tempo. Gostava de rir, mas era implacável com os maus costumes. Constitucional por necessidade, era no fundo de sua alma absolutista. Chorava pela sociedade antiga; criticava constantemente a nova. Enfim foi o último homem que abandonou a cabeleira de rabicho.

Vivia o Major Vilela em Catumbi, acompanhado de sua sobrinha Adelaide, e mais uma velha parenta. A sua vida era patriarcal. Importando-se pouco ou nada com o que ia por fora, o major entregava-se todo ao cuidado de sua casa, aonde poucos amigos e algumas famílias da vizinhança o iam ver, e passar as noites com ele. O major conservava sempre a mesma alegria, ainda nas ocasiões em que o reumatismo o prostrava. Os reumáticos dificilmente acreditarão nisto; mas eu posso afirmar que era verdade.

Foi num dia de manhã, felizmente um dia em que o major não sentia o menor achaque, e ria e brincava com as duas parentas, que Soares apareceu em Catumbi à porta do tio.

Quando o major recebeu o cartão com o nome do sobrinho, supôs que era alguma caçoada. Podia contar com todos em casa, menos o sobrinho. Fazia já dois anos que o não via, e entre a última e a penúltima vez tinha mediado ano e meio. Mas o moleque disse-lhe tão seriamente que o nhonhô Luís estava na sala de espera, que o velho acabou por acreditar.

– Que te parece, Adelaide?

A moça não respondeu.

O velho foi à sala de visitas.

Soares tinha pensado no meio de aparecer ao tio. Ajoelhar-se era dramático demais; cair-lhe nos braços exigia certo impulso íntimo que ele não tinha; além de que, Soares vexava-se de ter ou fingir uma comoção. Lembrou-se de começar uma conversação alheia ao fim que o levava lá, e acabar por confessar-se disposto a arrepiar carreira. Mas este meio tinha o inconveniente de fazer preceder a reconciliação por um sermão, que o rapaz dispensava. Ainda não se resolvera a aceitar um dos muitos meios que lhe vieram à ideia, quando o major apareceu à porta da sala.

O major parou à porta sem dizer palavra e lançou sobre o sobrinho um olhar severo e interrogador.

Soares hesitou um instante; mas, como a situação podia prolongar-se sem benefício seu, o rapaz seguiu um movimento natural: foi ao tio e estendeu-lhe a mão.

– Meu tio – disse ele –, não precisa dizer mais nada; o seu olhar diz-me tudo. Fui pecador e arrependo-me. Aqui estou.

O major estendeu-lhe a mão, que o rapaz beijou com o respeito de que era suscetível.

Depois encaminhou-se para uma cadeira e sentou-se; o rapaz ficou de pé.

– Se o teu arrependimento é sincero, abro-te a minha porta e o meu coração. Se não é sincero podes ir embora; há muito tempo que não frequento a casa da ópera: não gosto de comediantes.

Soares protestou que era sincero. Disse que fora dissipado e doido, mas que aos trinta anos era justo ter juízo. Reconhecia agora que o tio sempre tivera razão. Supôs ao princípio que eram simples rabugices de velho, e mais nada; mas não era natural esta leviandade num rapaz educado no vício? Felizmente corrigia-se a tempo. O que ele agora queria era entrar em bom viver, e começava por aceitar um emprego público que o obrigasse a trabalhar e fazer-se sério. Tratava-se de ganhar uma posição.

Ouvindo o discurso de que fiz o extrato acima, o major procurava adivinhar o fundo do pensamento de Soares. Seria ele sincero? O velho concluiu que o sobrinho falava com a alma nas mãos. A sua ilusão chegou ao ponto de ver-lhe uma lágrima nos olhos, lágrima que não apareceu, nem mesmo fingida.

Quando Soares acabou, o major estendeu-lhe a mão e apertou a que o rapaz lhe estendeu também.

– Creio, Luís. Ainda bem que te arrependeste a tempo. Isso que vivias não era vida nem morte; a vida é mais digna e a morte mais tranquila do que a existência que malbarataste. Entras agora em casa como um filho pródigo. Terás o melhor lugar à mesa. Esta família é a mesma família.

O major continuou por este tom; Soares ouviu a pé quedo o discurso do tio. Dizia consigo que era a amostra da pena que ia sofrer, e um grande desconto dos seus pecados.

O major acabou levando o rapaz para dentro, onde os esperava o almoço.

Na sala de jantar estavam Adelaide e a velha parenta. A Srª Antônia de Moura Vilela recebeu Soares com grandes exclamações que envergonharam sinceramente o rapaz. Quanto a Adelaide, apenas o cumprimentou sem olhar para ele; Soares retribuiu o cumprimento.

O major reparou na frieza; mas parece que sabia alguma coisa, porque apenas deu uma risadinha amarela, coisa que lhe era peculiar.

Sentaram-se à mesa, e o almoço correu entre as pilhérias do major, as recriminações da Srª Antônia, as explicações do rapaz e o silêncio de Adelaide. Quando o almoço acabou, o major disse ao sobrinho que fumasse, concessão enorme que o rapaz a custo aceitou. As duas senhoras saíram; ficaram os dois à mesa.

– Estás então disposto a trabalhar?

– Estou, meu tio.

– Bem; vou ver se te arranjo um emprego. Que emprego preferes?

– O que quiser, meu tio, contanto que eu trabalhe.

– Bem. Levarás amanhã uma carta minha a um dos ministros. Deus queira que possas obter o emprego sem dificuldade. Quero ver-te trabalhador e sério; quero ver-te homem. As dissipações não produzem nada, a não serem dívidas e desgostos... Tens dívidas?

– Nenhuma – respondeu Soares.

Soares mentia. Tinha uma dívida de alfaiate, relativamente pequena; queria pagá-la sem que o tio soubesse.

No dia seguinte o major escreveu a carta prometida, que o sobrinho levou ao ministro; e tão feliz foi, que daí a um mês estava empregado em uma secretaria com um bom ordenado.

Cumpre fazer justiça ao rapaz. O sacrifício que fez de transformar os seus hábitos da vida foi enorme, e, a julgá-lo pelos seus antecedentes, ninguém o julgara capaz de tal. Mas o desejo de perpetuar uma vida de dissipação pode explicar a mudança e o sacrifício. Aquilo na existência de Soares não passava de um parêntesis mais ou menos extenso. Almejava por fechá-lo e continuar o período como havia começado, isto é, vivendo com Aspásia e pagodeando com Alcibíades.

O tio não desconfiava de nada; mas temia que o rapaz fosse novamente tentado à fuga, ou porque o seduzisse a lembrança das dissipações antigas, ou porque o aborrecesse a monotonia e a fadiga do trabalho. Com o fim de impedir o desastre, lembrou-se de inspirar-lhe a ambição política. Pensava o major que a política seria um remédio decisivo para aquele doente, como se não fosse conhecido que os louros de Lovelace e os de Turgot andam muita vez na mesma cabeça.

Soares não desanimou o major. Disse que era natural acabar a sua existência na política, e chegou a dizer que algumas vezes sonhara com uma cadeira no parlamento.

– Pois eu verei se te posso arranjar isto – respondeu o tio. – O que é preciso é que estudes a ciência da política, a história do nosso parlamento e do nosso governo; e principalmente é preciso que continues a ser o que és hoje: um rapaz sério.

Se bem o dizia o major, melhor o fazia Soares, que desde então meteu-se com os livros e lia com afinco as discussões das câmaras.

Soares não morava com o tio, mas passava lá todo o tempo que lhe sobrava do trabalho, e voltava para casa depois do chá, que era patriarcal, e bem diferente das ceatas do antigo tempo.

Não afirmo que entre as duas fases da existência de Luís Soares não houvesse algum elo de união, e que o emigrante das terras de Gnido não fizesse de quando em quando alguma excursão à pátria. Em todo o caso essas excursões eram tão secretas que ninguém sabia delas, nem talvez os habitantes das referidas terras, com exceção dos poucos escolhidos para receberem o expatriado. O caso era singular, porque naquele país não se reconhece o cidadão naturalizado estrangeiro, ao contrário da Inglaterra, que não dá aos súditos da rainha o direito de escolherem outra pátria.

Soares encontrava-se de quando em quando com Pires. O confidente do convertido manifestava a sua amizade antiga oferecendo-lhe um charuto de Havana e contando-lhe algumas boas fortunas havidas nas campanhas do amor, em que o alarve supunha ser consumado general.

Havia já cinco meses que o sobrinho do Major Vilela se achava empregado, e ainda os chefes da repartição não tinham tido um só motivo de queixa contra ele. A dedicação era digna de melhor causa. Exteriormente via-se em Luís Soares um monge; raspando-se um pouco achava-se o diabo.

Ora, o diabo viu de longe uma conquista...

Capítulo III

A prima Adelaide tinha vinte e quatro anos, e a sua beleza, no pleno desenvolvimento da sua mocidade, tinha em si o condão de fazer morrer de amores. Era alta e bem proporcionada; tinha uma cabeça modelada pelo tipo antigo; a testa era espaçosa e alta, os olhos rasgados e negros, o nariz levemente aquilino. Quem a contemplava durante alguns momentos sentia que ela tinha todas as energias, a das paixões e a da vontade.

Há de lembrar-se o leitor do frio cumprimento trocado entre Adelaide e seu primo; também se há de lembrar que Soares disse ao amigo Pires ter sido amado por sua prima. Ligam-se estas duas coisas. A frieza de Adelaide resultava de uma lembrança que era dolorosa para a moça; Adelaide amara o primo, não com um simples amor de primos, que em geral resulta da convivência e não de uma súbita atração. Amara-o com todo o vigor e calor de sua alma; mas já então o rapaz iniciava os seus passos em outras regiões e ficou indiferente aos afetos da moça. Um amigo que sabia do segredo perguntou-lhe um dia por que razão não se casava com Adelaide, ao que o rapaz respondeu friamente:

– Quem tem a minha fortuna não se casa; mas se se casa é sempre com quem tenha mais. Os bens de Adelaide são a quinta parte dos meus; para ela é negócio da China; para mim é um mau negócio.

O amigo que ouvira esta resposta não deixou de dar uma prova da sua afeição ao rapaz, indo contar tudo à moça. O golpe foi tremendo, não tanto pela certeza que lhe dava de não ser amada, como pela circunstância de nem ao menos ficar-lhe o direito de estima. A confissão de Soares era um corpo de delito. O confidente oficioso esperava talvez colher os despojos da derrota; mas Adelaide, tão depressa ouviu a delação, como desprezou o delator.

O incidente não passou disto.

Quando Soares voltou à casa do tio, a moça achou-se em dolorosa situação; era obrigada a conviver com um homem ao qual nem podia dar apreço. Pela sua parte, o rapaz também se achava acanhado, não porque lhe doessem as palavras que dissera um dia, mas por causa do tio que ignorava tudo. Não ignorava; o moço é que o supunha. O major soube da paixão de Adelaide e soube também da repulsa que tivera no coração do rapaz. Talvez não soubesse das palavras textuais repetidas à moça pelo amigo de Soares; mas, se não conhecia o texto, conhecia o espírito; sabia que, pelo motivo de ser amado, o rapaz entrara a aborrecer a prima, e que esta, vendo-se repelida, entrara a aborrecer o rapaz. O major supôs até durante algum tempo que a ausência de Soares tinha por motivo a presença da moça em casa.

Adelaide era filha de um irmão do major, homem muito rico e igualmente excêntrico, que morrera havia dez anos deixando a moça entregue aos cuidados do irmão. Como o pai de Adelaide fizera muitas viagens, parece que gastou nelas a maior parte da sua fortuna. Quando morreu apenas coube a Adelaide, filha única, cerca de trinta contos, que o tio conservou intactos para serem o dote da pupila.

Soares houve-se como pôde na singular situação em que se achava. Não conversava com a prima; apenas trocava com ela as palavras estritamente necessárias para não chamar a atenção do tio. A moça fazia o mesmo.

Mas quem pode ter mão ao coração? A prima de Luís Soares sentiu que pouco a pouco lhe ia renascendo o antigo afeto. Procurou combatê-lo sinceramente; mas não se impede o crescimento de uma planta senão arrancando-lhe as raízes. As raízes existiam ainda. Apesar dos esforços da moça o amor veio pouco a pouco invadindo o lugar do ódio, e se até então o suplício era grande, agora era enorme. Travara-se uma luta entre o orgulho e o amor. A moça sofreu consigo; não articulou uma palavra.

Luís Soares reparava que, quando os seus dedos tocavam os da prima, esta experimentava uma grande emoção: corava e empalidecia. Era um grande navegador aquele rapaz nos mares do amor: conhecia-lhe a calma e a tempestade. Convenceu-se de que a prima o amava outra vez. A descoberta não o alegrou; pelo contrário, foi-lhe motivo de grande irritação. Receava que o tio, descobrindo o sentimento da sobrinha, propusesse o casamento ao rapaz; e recusá-lo não seria comprometer no futuro a esperada herança? A herança sem o casamento era o ideal do moço. "Dar-me asas, pensava ele, atando-me os pés, é o mesmo que condenar-me à prisão. É o destino do papagaio doméstico; não aspiro a tê-lo."

Realizaram-se as previsões do rapaz. O major descobriu a causa da tristeza da moça e resolveu pôr termo àquela situação propondo ao sobrinho o casamento.

Soares não podia recusar abertamente sem comprometer o edifício da sua fortuna.

– Este casamento – disse-lhe o tio – é complemento da minha felicidade. De um só lance reúno duas pessoas que tanto estimo, e morro tranquilo sem levar nenhum pesar para o outro mundo. Estou que aceitarás.

– Aceito, meu tio; mas observo que o casamento assenta no amor, e eu não amo minha prima.

– Bem; hás de amá-la; casa-te primeiro...

– Não desejo expô-la a uma desilusão.

– Qual desilusão! – disse o major sorrindo. – Gosto de ouvir-te falar essa linguagem poética, mas casamento não é poesia. É verdade que é bom que duas pessoas antes de se casarem se tenham já alguma estima mútua. Isso creio que tens. Lá fogos ardentes, meu rico sobrinho, são coisas que ficam bem em verso, e mesmo em prosa; mas na vida, que não é prosa nem verso, o casamento apenas exige certa conformidade de gênio, de educação e de estima.

– Meu tio sabe que eu não me recuso a uma ordem sua.

– Ordem, não! Não te ordeno, proponho. Dizes que não amas tua prima; pois bem, faze por isso, e daqui a algum tempo casem-se que me darão gosto. O que eu quero é que seja cedo, porque não estou longe de dar à casca.

O rapaz disse que sim. Adiou a dificuldade não podendo resolvê-la. O major ficou satisfeito com o arranjo e consolou a sobrinha com a promessa de que podia casar-se um dia com o primo. Era a primeira vez que o velho tocava em semelhante assunto, e Adelaide não dissimulou o seu espanto, espanto que lisonjeou profundamente a perspicácia do major.

– Ah! tu pensas – disse ele – que eu por ser velho já perdi os olhos do coração? Vejo tudo, Adelaide; vejo aquilo mesmo que se quer esconder.

A moça não pôde reter algumas lágrimas, e, como o velho a consolasse dando-lhe esperanças, ela respondeu abanando a cabeça:

– Esperanças, nenhuma!

– Descansa em mim! – disse o major.

Conquanto a dedicação do tio fosse toda espontânea e filha do amor que votava à sobrinha, esta compreendeu que semelhante intervenção podia fazer supor ao primo que ela esmolava os afetos do seu coração.

Aqui falou o orgulho da mulher, que preferia o sofrimento à humilhação. Quando ela expôs estas objeções ao tio, o major sorriu-se afavelmente e procurou acalmar a suscetibilidade da moça.

Passaram-se alguns dias sem mais incidente; o rapaz estava no gozo da dilação que lhe dera o tio. Adelaide readquiriu o seu ar frio e indiferente. Soares compreendia o motivo, e àquela manifestação do orgulho respondia com um sorriso. Duas vezes notou Adelaide essa expressão de desdém da parte do primo. Que mais precisava para reconhecer que o rapaz sentia por ela a mesma indiferença de outro tempo! Acrescia que sempre que os dois se encontravam sós, Soares era o primeiro que se afastava dela. Era o mesmo homem.

"Não me ama, não me amará nunca!", dizia a moça consigo.

Capítulo IV

Um dia de manhã o Major Vilela recebeu a seguinte carta:

Meu valente major.

Cheguei da Bahia hoje mesmo, e lá irei de tarde para ver-te e abraçar-te. Prepara um jantar. Creio que não me hás de receber como qualquer indivíduo. Não esqueças o vatapá.

Teu amigo, Anselmo.

– Bravo! – disse o major. – Temos cá o Anselmo; prima Antônia, mande fazer um bom vatapá.

O Anselmo que chegara da Bahia chamava-se Anselmo Barroso de Vasconcelos. Era um fazendeiro rico, e veterano da independência. Com os seus setenta e oito anos ainda se mostrava rijo e capaz de grandes feitos. Tinha sido íntimo amigo do pai de Adelaide, que o apresentou ao major, vindo a ficar amigo deste depois que o outro morrera. Anselmo acompanhou o amigo até os seus últimos instantes; e chorou a perda como se fora seu próprio irmão. As lágrimas cimentaram a amizade entre ele e o major.

De tarde apareceu Anselmo galhofeiro e vivo como se começasse para ele uma nova mocidade. Abraçou a todos; deu um beijo em Adelaide, a quem felicitou pelo desenvolvimento das suas graças.

– Não se ria de mim – disse-lhe ele –, eu fui o maior amigo de seu pai. Pobre amigo! morreu nos meus braços.

Soares, que sofria com a monotonia da vida que levava em casa do tio, alegrou-se com a presença do galhofeiro ancião, que era um verdadeiro fogo de artifício. Anselmo é que pareceu não simpatizar com o sobrinho do major. Quando o major ouviu isto, disse:

– Sinto muito, porque Soares é um rapaz sério.

– Creio que é sério demais. Rapaz que não ri...

Não sei que incidente interrompeu a frase do fazendeiro.

Depois do jantar Anselmo disse ao major:

– Quantos são amanhã?

– Quinze.

– De que mês?

– É boa! de dezembro.

– Bem; amanhã 15 de dezembro preciso ter uma conferência contigo e os teus parentes. Se o vapor se demora um dia em caminho pregava-me uma boa peça.

No dia seguinte verificou-se a conferência pedida por Anselmo. Estavam presentes o major, Soares, Adelaide e D. Antônia, únicos parentes do finado.

– Faz hoje dez anos que faleceu o pai desta menina – disse Anselmo apontando para Adelaide. – Como sabem, o Dr. Bento Varela foi o meu melhor amigo, e eu tenho consciência de haver correspondido à sua afeição até os últimos instantes. Sabem que ele era um gênio excêntrico; toda a sua vida foi uma grande originalidade. Ideava vinte projetos, qual mais grandioso, qual mais impossível, sem chegar ao cabo de nenhum, porque o seu espírito criador tão depressa compunha uma coisa como entrava a planear outra.

– É verdade – interrompeu o major.

– O Bento morreu nos meus braços, e como derradeira prova da sua amizade confiou-me um papel com a declaração de que eu só o abrisse em presença dos seus parentes dez anos depois de sua morte. No caso de eu morrer os meus herdeiros assumiriam essa obrigação; em falta deles, o major, a Srª D. Adelaide, enfim qualquer pessoa que por laço de sangue estivesse ligada a ele. Enfim, se ninguém houvesse na classe mencionada, ficava incumbido um tabelião. Tudo isto havia eu declarado em testamento, que vou reformar. O papel a que me refiro tenho aqui no bolso.

Houve um movimento de curiosidade.

Anselmo tirou do bolso uma carta fechada com lacre preto.

– É este – disse ele. – Está intacto. Não conheço o texto; mas posso mais ou menos saber o que está dentro por circunstâncias que vou referir.

Redobrou a atenção geral.

– Antes de morrer – continuou Anselmo – o meu querido amigo entregou-me uma parte da sua fortuna, quero dizer a maior parte, porque a menina recebeu apenas trinta contos. Eu recebi dele trezentos contos, que guardei até hoje intactos, e que devo restituir segundo as indicações desta carta.

A um movimento de espanto em todos seguiu-se um movimento de ansiedade. Qual seria a vontade misteriosa do pai de Adelaide? D. Antônia lembrou-se que em rapariga fora namorada do defunto, e por um momento lisonjeou-se com a ideia de que o velho maníaco se houvesse lembrado dela às portas da morte.

– Nisto reconheço eu o mano Bento – disse o major tomando uma pitada –; era o homem dos mistérios, das surpresas e das ideias extravagantes, seja dito sem agravo aos seus pecados, se é que os teve.

Anselmo tinha aberto a carta. Todos prestaram ouvidos. O veterano leu o seguinte:

Meu bom e estimadíssimo Anselmo.

Quero que me prestes o último favor. Tens contigo a maior parte da minha fortuna, e eu diria a melhor se tivesse de aludir à minha querida filha Adelaide. Guarda esses trezentos contos até daqui a dez anos, e, ao terminar o prazo, lê esta carta diante dos meus parentes.

Se nessa época a minha filha Adelaide for viva e casada entrega-lhe a fortuna. Se não estiver casada, entrega-lha também, mas com uma condição: é que se case com o sobrinho Luís Soares, filho de minha irmã Luísa; quero-lhe muito, e, apesar de ser rico, desejo que entre na posse da fortuna com minha filha. No caso em que esta se recuse a esta condição, fica tu com a fortuna toda.

Quando Anselmo acabou de ler esta carta seguiu-se um silêncio de surpresa geral, de que partilhava o próprio veterano, alheio até então ao conteúdo da carta.

Soares tinha os olhos em Adelaide; esta tinha-os no chão.

Como o silêncio se prolongasse, Anselmo resolveu rompê-lo.

– Ignorava, como todos – disse ele –, o que esta carta contém; felizmente chega ela a tempo de se realizar a última vontade do meu finado amigo.

– Sem dúvida nenhuma – disse o major.

Ouvindo isto, a moça levantou insensivelmente os olhos para o primo, e os dela encontraram-se com os dele. Os dele transbordavam de contentamento e ternura; a moça fitou-os durante alguns instantes. Um sorriso, já não zombeteiro, passou pelos lábios do rapaz. A moça sorriu com tamanho desdém às zumbaias de um cortesão.

Anselmo levantou-se.

– Agora que estão cientes disto – disse ele aos dois primos –, espero que resolvam, e como o resultado não pode ser duvidoso, desde já os felicito. Entretanto, hão de dar-me licença, que tenho de ir a outras partes.

Com a saída de Anselmo dispersara-se a reunião. Adelaide foi para o seu quarto com a velha parenta. O tio e o sobrinho ficaram na sala.

– Luís – disse o primeiro –, és o homem mais feliz do mundo.

– Parece-lhe, meu tio? – disse o moço procurando disfarçar a sua alegria.

– És. Tens uma moça que te ama loucamente. De repente cai-lhe nas mãos uma fortuna inesperada; e essa fortuna só pode havê-la com a condição de se casar contigo. Até os mortos trabalham a teu favor.

– Afirmo-lhe, meu tio, que a fortuna não pesa nada nestes casos, e se eu assentar em casar com a prima será por outro motivo.

– Bem sei que a riqueza não é essencial; não é. Mas enfim vale alguma coisa. É melhor ter trezentos contos que trinta; sempre é mais uma cifra. Contudo não te aconselho que te cases com ela se não tiveres alguma afeição. Nota que eu não me refiro a essas paixões de que me falaste. Casar mal, apesar da riqueza, é sempre casar mal.

– Estou convencido disto, meu tio. Por isso ainda não dei a minha resposta, nem dou por ora. Se eu vier a afeiçoar-me à prima estou pronto a entrar na posse dessa inesperada riqueza.

Como o leitor terá adivinhado, a resolução do casamento estava assentada no espírito de Soares. Em vez de esperar a morte do tio, parecia-lhe melhor entrar desde logo na posse de um excelente pecúlio, o que se lhe afigurava tanto mais fácil, quanto que era a voz do túmulo que o impunha.

Soares contava também com a profunda veneração de Adelaide por seu pai. Isto, ligado ao amor que a rapariga sentia por ele, devia produzir o desejado efeito.

Nessa noite o rapaz dormiu pouco. Sonhou com o Oriente. Pintou-lhe a imaginação um harém recendente das melhores essências da Arábia, forrado o chão com tapetes da Pérsia; sobre moles divãs ostentavam-se as mais perfeitas belezas do mundo. Uma circassiana dançava no meio do salão ao som de um pandeiro de marfim. Mas um furioso eunuco, precipitando-se na sala com o iatagã desembainhado, enterrou-o todo no peito de Soares, que acordou com o pesadelo, e não pôde mais conciliar o sono.

Levantou-se mais cedo e foi passear até chegar a hora do almoço e da repartição.

Capítulo V

O plano de Luís Soares estava feito.

Tratava-se de abater as armas pouco a pouco, simulando-se vencido diante da influência de Adelaide. A circunstância da riqueza tornava necessária toda a discrição. A transição devia ser lenta. Cumpria ser diplomata.

Os leitores terão visto que, apesar de certa argúcia da parte de Soares, não tinha ele a perfeita compreensão das coisas, e por outro lado o seu caráter era indeciso e vário.

Hesitara em casar com Adelaide quando o tio lhe falou nisso, quando era certa que viria a obter mais tarde a fortuna do major. Dizia então que não tinha vocação de papagaio. A situação agora era a mesma; aceitava uma fortuna mediante uma prisão. É verdade que, se esta resolução era contrária à primeira, podia ter por causa o cansaço que lhe ia produzindo a vida que levava. Além de que, desta vez, a riqueza não se fazia esperar; era entregue logo depois do consórcio.

"Trezentos contos, pensava o rapaz, é quanto basta para eu ser mais do que fui. O que não hão de dizer os outros!"

Antevendo uma felicidade que era certa para ele, Soares começou o assédio da praça, aliás praça rendida.

Já o rapaz procurava os olhos da prima, já os encontrava, já lhes pedia aquilo que recusara até então, o amor da moça. Quando, à mesa, as suas mãos se encontravam, Soares tinha cuidado de demorar o contato, e se a moça retirava a sua mão, o rapaz nem por isso desanimava. Quando se encontrava a sós com ela, não fugia como outrora, antes lhe dirigia alguma palavra, a que Adelaide respondia com fria polidez.

"Quer vender o peixe caro", pensava Soares.

Uma vez atreveu-se a mais. Adelaide tocava piano quando ele entrou sem que ela o visse. Quando a moça acabou, Soares estava por trás dela.

– Que lindo! – disse o rapaz. – Deixe-me beijar-lhe essas mãos inspiradas.

A moça olhou séria para ele, pegou no lenço que pusera sobre o piano, e saiu sem dizer palavra.

Esta cena mostrou a Soares toda a dificuldade da empresa; mas o rapaz confiava em si, não porque se reconhecesse capaz de grandes energias, mas por espécie de esperança na sua boa estrela.

– É difícil subir a corrente – disse ele –, mas sobe-se. Não se fazem Alexandres na conquista de praças desarmadas.

Contudo, as desilusões iam-se sucedendo, e o rapaz, se o não alentasse a ideia da riqueza, teria abatido as armas.

Um dia lembrou-se de escrever-lhe uma carta. Lembrou-se de que era difícil expor-lhe de viva voz tudo quanto sentia; mas que uma carta, por muito ódio que ela lhe tivesse, sempre seria lida.

Adelaide devolveu a carta pelo moleque da casa que lha havia entregue.

A segunda carta teve a mesma sorte. Quando mandou a terceira, o moleque não a quis receber.

Luís Soares teve um instante de desengano. Indiferente à moça, já começava a odiá-la; se casasse com ela era provável que a tratasse como inimigo mortal.

A situação tornava-se ridícula para ele; ou antes, já o era há muito, mas Soares só então o compreendeu. Para escapar ao ridículo, resolveu dar um golpe final, mas grande. Aproveitou a primeira ocasião que pôde, e fez uma declaração positiva à moça, cheia de súplicas, de suspiros, talvez de lágrimas. Confessou os seus erros; reconheceu que não a havia compreendido; mas arrependera-se e confessava tudo. A influência dela acabara por abatê-lo.

– Abatê-lo! – disse ela. – Não compreendo. A que influência alude?

– Bem sabe; à influência da sua beleza, do seu amor... Não suponha que lhe estou mentindo. Sinto-me hoje tão apaixonado que era capaz de cometer um crime!

– Um crime?

– Não é crime o suicídio? De que me serviria a vida sem o seu amor? Vamos, fale!

A moça olhou para ele durante alguns instantes sem dizer palavra. O rapaz ajoelhou-se.

– Ou seja a morte, ou seja a felicidade – disse ele –, quero recebê-la de joelhos.

Adelaide sorriu e soltou lentamente estas palavras:

– Trezentos contos! É muito dinheiro para comprar um miserável.

E deu-lhe as costas.

Soares ficou petrificado. Durante alguns minutos conservou-se na mesma posição, com os olhos fitos na moça que se afastava lentamente. O rapaz dobrava-se ao peso da humilhação. Não previra tão cruel desforra da parte de Adelaide. Nem uma palavra de ódio, nem um indício de raiva; apenas um calmo desdém, um desprezo tranquilo e soberano. Soares sofrera muito quando perdeu a fortuna; mas agora que o seu orgulho foi humilhado, a sua dor foi infinitamente maior.

Pobre rapaz!

A moça foi para dentro. Parece que contava com aquela cena; porque, entrando em casa, foi logo procurar o tio, e declarou-lhe que, apesar de quanto venerava a memória do pai, não podia obedecer-lhe, e desistia do casamento.

– Mas não o amas tu? – perguntou-lhe o major.

– Amei-o.

– Amas a outro?

– Não.

– Então explica-te.

Adelaide expôs francamente o procedimento de Soares desde que ali entrara, a mudança que fizera, a sua ambição, a cena do jardim. O major ouviu atentamente a moça, procurou desculpar o sobrinho, mas no fundo ele acreditava que Soares era um mau-caráter.

Este, depois que pôde refrear a sua cólera, entrou em casa e foi despedir-se do tio até o dia seguinte.

Pretextou que tinha um negócio urgente.

Capítulo VI

Adelaide contou miudamente ao amigo de seu pai os sucessos que a obrigavam a não preencher a condição da carta póstuma confiada a Anselmo. Em consequência desta recusa, a fortuna devia ficar com Anselmo; a moça contentava-se com o que tinha.

Não se deu Anselmo por vencido, e antes de aceitar a recusa foi ver se sondava o espírito de Luís Soares.

Quando o sobrinho do major viu entrar por casa o fazendeiro suspeitou que alguma coisa houvesse a respeito do casamento. Anselmo era perspicaz; de modo que, apesar da aparência de vítima com que Soares lhe aparecera, compreendeu ele que Adelaide tinha razão.

Assim pois tudo estava acabado. Anselmo dispôs-se a partir para a Bahia, e assim o declarou à família do major.

Nas vésperas de partir achavam-se todos juntos na sala de visitas, quando Anselmo soltou estas palavras:

– Major, está ficando melhor e forte; eu creio que uma viagem à Europa lhe fará bem. Esta moça também gostará de ver a Europa, e creio que a Srª D. Antônia, apesar da idade, lá quererá ir. Pela minha parte sacrifico a Bahia e vou também. Aprovam o conselho?

– Homem – disse o major –, é preciso pensar.

– Qual pensar! Se pensarem não embarcarão. Que diz a menina?

– Eu obedeço ao tio – respondeu Adelaide.

– Além de que – disse Anselmo –, agora que D. Adelaide está de posse de uma grande fortuna, há de querer apreciar o que há de bonito nos países estrangeiros a fim de poder melhor avaliar o que há no nosso...

– Sim – disse o major –; mas você fala de grande fortuna.

– Trezentos contos.

– São seus.

– Meus! Então sou algum ratoneiro? Que me importa a mim a fantasia de um generoso amigo? O dinheiro é desta menina, sua legítima herdeira, e não meu, que aliás tenho bastante.

– Isto é bonito, Anselmo!

– Mas o que não seria se não fosse isto?

A viagem à Europa ficou assentada.

Luís Soares ouviu a conversa toda sem dizer palavra; mas a ideia de que talvez pudesse ir com o tio sorriu-lhe ao espírito. No dia seguinte teve um desengano cruel. Disse-lhe o major que, antes de partir, o deixaria recomendado ao ministro.

Soares procurou ainda ver se alcançava seguir com a família. Era simples cobiça na fortuna do tio, desejo de ver novas terras, ou impulso de vingança contra a prima? Era tudo isso, talvez.

À última hora foi-se a derradeira esperança. A família partiu sem ele.

Abandonado, pobre, tendo por única perspectiva o trabalho diário, sem esperanças no futuro, e além do mais, humilhado e ferido em seu amor-próprio, Soares tomou a triste resolução dos cobardes.

Um dia de noite o criado ouviu no quarto dele um tiro; correu, achou um cadáver.

Pires soube na rua da notícia, e correu à casa de Vitória, que encontrou no toucador.

– Sabes de uma coisa? – perguntou ele.

– Não. Que é?

– O Soares matou-se.

– Quando?

– Neste momento.

– Coitado! É sério?

– E sério. Vais sair?

– Vou ao Alcazar.

– Canta-se hoje *Barbe-Bleue*, não é?

– É.

– Pois eu também vou.

E entrou a cantarolar a canção de *Barbe-Bleue*.

Luís Soares não teve outra oração fúnebre dos seus amigos mais íntimos.

A MULHER DE PRETO

CAPÍTULO PRIMEIRO

A primeira vez que o Dr. Estêvão Soares falou ao deputado Meneses foi no Teatro Lírico no tempo da memorável luta entre *lagruístas* e *chartonistas*. Um amigo comum os apresentou um ao outro. No fim da noite separaram-se oferecendo cada um deles os seus serviços e trocando os respectivos cartões de visita.

Só dois meses depois encontraram-se outra vez.

Estêvão Soares teve de ir à casa de um ministro de Estado para saber de uns papéis relativos a um parente da província, e aí encontrou o deputado Meneses, que acabava de ter uma conferência política.

Houve sincero prazer em ambos encontrando-se pela segunda vez; e Meneses arrancou de Estêvão a promessa de que iria à casa dele daí a poucos dias.

O ministro depressa despachou o jovem médico.

Chegando ao corredor, Estêvão foi surpreendido com uma tremenda bátega d'água, que nesse momento caía, e começava a alagar a rua.

O rapaz olhou a um e outro lado a ver se passava algum veículo vazio, mas procurou inutilmente; todos que passavam iam ocupados.

Apenas à porta estava um *coupé* vazio à espera de alguém, que o rapaz supôs ser o deputado.

Daí a alguns minutos desce com efeito o representante da nação, e admirou-se de ver o médico ainda à porta.

– Que quer? – disse-lhe Estêvão. – A chuva impediu-me de sair; aqui fiquei a ver se passa um tílburi.

– É natural que não passe, e nesse caso ofereço-lhe um lugar no meu *coupé*. Venha.

– Perdão; mas é um incômodo...

– Ora, incômodo! é um prazer. Vou deixá-lo em casa. Onde mora?

– Rua da Misericórdia nº...

– Bem, suba.

Estêvão hesitou um pouco; mas não podia deixar de subir sem ofender o digno homem que de tão boa vontade lhe fazia um obséquio.

Subiram.

Mas, em vez de mandar o cocheiro para a Rua da Misericórdia, o deputado gritou:

– João, para casa!

E entrou.

Estêvão olhou para ele admirado.

– Já sei – disse-lhe Meneses –, admira-se de ver que faltei à minha palavra; mas eu desejo apenas que fique conhecendo a minha casa a fim de lá voltar quanto antes.

O *coupé* rolava já pela rua fora debaixo de uma chuva torrencial.

Meneses foi o primeiro que rompeu o silêncio de alguns minutos, dizendo ao jovem amigo:

– Espero que o romance da nossa amizade não termine no primeiro capítulo.

Estêvão, que já reparara nas maneiras solícitas do deputado, ficou inteiramente pasmado quando lhe ouviu falar no romance da amizade. A razão era simples. O amigo que os havia apresentado no Teatro Lírico disse no dia seguinte:

– Meneses é um misantropo, e um cético; não crê em nada, nem estima ninguém. Na política como na sociedade faz um papel puramente negativo.

Esta era a impressão com que Estêvão, apesar da simpatia que o arrastava, falou a segunda vez a Meneses, e admirava-se de tudo, das maneiras, das palavras, e do tom de afeto que elas pareciam revelar.

À linguagem do deputado o jovem médico respondeu com igual franqueza.

– Por que acabaremos no primeiro capítulo? – perguntou ele –, um amigo não é coisa que se despreze, acolhe-se como um presente dos deuses.

– Dos deuses! – disse Meneses rindo. – Já vejo que é pagão.

– Alguma coisa, é verdade; mas no bom sentido – respondeu Estêvão rindo também. – Minha vida assemelha-se um pouco à de Ulisses...

– Tem ao menos uma Ítaca, sua pátria, e uma Penélope, sua esposa.

– Nem uma nem outra.

– Então entender-nos-emos.

Dizendo isto o deputado voltou a cara para o outro lado, vendo a chuva que caía na vidraça da portinhola.

Decorreram dois ou três minutos, durante os quais Estêvão teve tempo de contemplar a seu gosto o companheiro de viagem.

Meneses voltou-se e entrou em novo assunto.

Quando o *coupé* entrou na Rua do Lavradio, Meneses disse ao médico:

– Moro nesta rua; estamos perto de casa. Promete-me que há de vir ver-me algumas vezes?

– Amanhã mesmo.

– Bem. Como vai a sua clínica?

– Apenas começo – disse Estêvão –; trabalho pouco; mas espero fazer alguma coisa.

– O seu companheiro, na noite em que mo apresentou, disse-me que o senhor é moço de muito merecimento.

– Tenho vontade de fazer alguma coisa.

Daí a dez minutos parava o *coupé* à porta de uma casa da Rua do Lavradio.

Apearam-se os dois e subiram.

Meneses mostrou a Estêvão o seu gabinete de trabalho, onde havia duas longas estantes de livros.

– É a minha família – disse o deputado mostrando os livros. – História, filosofia, poesia... e alguns livros de política. Aqui estudo e trabalho. Quando cá vier é aqui que o hei de receber.

Estêvão prometeu voltar no dia seguinte, e desceu para entrar no *coupé* que esperava por ele, e que o levou à Rua da Misericórdia.

Entrando em casa Estêvão dizia consigo:

"Onde está a misantropia daquele homem? As maneiras de misantropo são mais rudes do que as dele; salvo se ele, mais feliz do que Diógenes, achou em mim o homem que procurava".

Capítulo II

Estêvão era o tipo do rapaz sério. Tinha talento, ambição e vontade de saber, três armas poderosas nas mãos de um homem que tenha consciência de si. Desde os dezesseis anos a sua vida foi um estudo constante, aturado e profundo. Destinado ao curso médico, Estêvão entrou na academia um pouco forçado; não queria desobedecer ao pai. A sua vocação era toda para as matemáticas. Que importa? disse ele ao saber da resolução paterna; estudarei a medicina e a matemática. Com efeito teve tempo para uma e outra coisa; teve tempo ainda para estudar a literatura, e as principais obras da antiguidade e contemporâneas eram-lhe tão familiares como os tratados de operações e de higiene.

Para estudar tanto, foi-lhe preciso sacrificar uma parte da saúde. Estêvão aos vinte e quatro anos adquirira uma magreza, que não era a dos dezesseis; tinha a tez pálida e a cabeça pendia-lhe um pouco para a frente pelo longo hábito da leitura. Mas esses vestígios de uma longa aplicação intelectual não lhe alteraram a regularidade e harmonia das feições, nem os olhos perderam nos livros o brilho e a expressão. Era além disso naturalmente elegante, não digo enfeitado, que é coisa diferente: era elegante nas maneiras, na atitude, no sorriso, no trajo, tudo mesclado de uma certa severidade que era o cunho do seu caráter. Podia-se notar-lhe muitas infrações ao código da moda; ninguém poderia dizer que ele faltasse nunca às boas regras do *gentleman*.

Perdera os pais aos vinte anos, mas ficara-lhe bastante juízo para continuar sozinho a viagem do mundo. O estudo serviu-lhe de refúgio e bordão. Não sabia nada do que era o amor. Ocupara-se tanto com a cabeça que esquecera-se de que tinha um coração dentro do peito. Não se infira daqui que Estêvão fosse puramente um positivista. Pelo contrário, a alma dele possuía ainda em toda a plenitude da graça e da força as duas asas que a natureza lhe dera. Não raras vezes rompia ela do cárcere da carne para ir correr os espaços do céu, em busca de não sei que ideal mal definido, obscuro, incerto. Quando voltava desses êxtases, Estêvão curava-se deles enterrando-se nos volumes à cata de uma verdade científica. Newton era-lhe o antídoto de Goethe.

Além disso, Estêvão tinha ideias singulares. Havia um padre, amigo dele, rapaz de trinta anos, da escola de Fénelon, que entrava com Telêmaco na ilha de Calipso. Ora, o padre dizia muitas vezes a Estêvão que só uma coisa lhe faltava para ser completo: era casar-se.

– Quando você tiver – dizia-lhe – uma mulher amada e amante ao pé de si, será um homem feliz e completo. Dividirá então o tempo entre as duas coisas mais elevadas que a natureza deu ao homem; a inteligência e o coração. Nesse dia quero eu mesmo casá-lo.

– Padre Luís – respondia Estêvão –, faça-me então o serviço completo: traga-me a mulher e a bênção.

O padre sorria-se ao ouvir a resposta do médico, e como o sorriso parecia a Estêvão uma nova pergunta, o médico continuava:

– Se encontrar uma mulher tão completa como eu exijo, afirmo-lhe que me casarei. Dirá que as obras humanas são imperfeitas, e eu não contestarei, Padre Luís; mas nesse caso deixe-me caminhar só com as minhas imperfeições.

Daqui engendrava-se sempre uma discussão, que se animava e crescia até o ponto em que Estêvão concluía por este modo:

– Padre Luís, uma menina que deixa as bonecas para ir decorar mecanicamente alguns livros mal escolhidos; que interrompe uma lição para ouvir contar uma cena de namoro; que em matéria de arte só conhece os figurinos parisienses; que deixa as calças para entrar no baile, e que, antes de suspirar por um homem, examina-lhe a correção da gravata, e o apertado do botim; Padre Luís, esta menina pode vir a ser um esplêndido ornamento de salão e até uma fecunda mãe de família, mas nunca será uma mulher.

Esta sentença de Estêvão tinha o defeito de certas regras absolutas. Por isso, o padre dizia-lhe sempre:

– Tem você razão; mas eu não lhe digo que case com a regra; procure a exceção que há de encontrar e leve-a ao altar, onde eu estarei para os unir.

Tais eram os sentimentos de Estêvão em relação ao amor e à mulher. A natureza dera-lhe em parte esses sentimentos; mas em parte adquiriu-os ele nos livros. Exigia a perfeição intelectual e moral de uma Heloísa; e partia da exceção para estabelecer uma regra. Era intolerante para os erros veniais. Não os reconhecia como tais. Não há erro venial, dizia ele, em matéria de costumes e de amor.

Contribuíra para esta rigidez de ânimo o espetáculo da própria família de Estêvão. Até os vinte anos foi ele testemunha do que era a santidade do amor mantido pela virtude doméstica. Sua mãe, que morrera com trinta e oito anos, amou o marido até os últimos dias, e poucos meses lhe sobreviveu. Estêvão soube que fora ardente e entusiástico o amor de seus pais, na estação do noivado, durante a manhã conjugal: conheceu-o assim por tradição; mas na tarde conjugal a que ele assistiu viu o amor calmo, solícito e confiante, cheio de dedicação e respeito, praticado como um culto; sem recriminações nem pesares, e tão profundo como no primeiro dia. Os pais de Estêvão morreram amados e felizes na tranquila serenidade do dever.

No ânimo de Estêvão, o amor que funda a família devia ser aquilo ou não seria nada. Era justiça; mas a intolerância de Estêvão começava na convicção que ele tinha de que com a dele morrera a última família, e fora com ela a derradeira tradição do amor. Que era preciso para derrubar todo este sistema, ainda que momentâneo? Uma coisa pequeníssima: um sorriso e dois olhos.

Mas, como esses dois olhos não apareciam, Estêvão entregava-se na maior parte do tempo aos seus estudos científicos, empregando as horas vagas em algumas distrações que o não prendiam por muito tempo.

Morava só; tinha um escravo, da mesma idade que ele, e cria da casa do pai – mais irmão do que escravo, na dedicação e no afeto. Recebia alguns amigos, a quem visitava de quando em quando, entre os quais incluímos o jovem Padre Luís, a quem Estêvão chamava – Platão de sotaina.

Naturalmente bom e afetuoso, generoso e cavalheiresco, sem ódios nem rancores, entusiasta por todas as coisas boas e verdadeiras, tal era o Dr. Estêvão Soares, aos vinte e quatro anos de idade.

Do seu retrato físico já dissemos alguma coisa. Bastará acrescentar que tinha uma bela cabeça, coberta de bastos cabelos castanhos, dois olhos da mesma cor, vivos e observadores; a palidez do rosto fazia realçar o bigode naturalmente encaracolado. Era alto e tinha mãos admiráveis.

Capítulo III

Estêvão Soares visitou Meneses no dia seguinte.

O deputado esperava-o, e recebeu-o como se fosse um amigo velho. Estêvão marcara a hora da visita, que impossibilitava a presença de Meneses na Câmara; mas o deputado importou-se pouco com isso: não foi à Câmara. Mas teve a delicadeza de o não dizer a Estêvão.

Meneses estava no gabinete quando o criado anunciou-lhe a chegada do médico. Foi recebê-lo à porta.

– Pontual como um rei – disse-lhe alegremente.

– Era dever. Lembro-lhe que não me esqueci.

– E agradeço-lho.

Sentaram-se os dois.

– Agradeço-lho porque eu receava sobretudo que me houvesse compreendido mal; e que os impulsos da minha simpatia não merecessem da sua parte nenhuma consideração...

Estêvão ia protestar.

– Perdão – continuou Meneses –, bem vejo que me enganei, e é por isso que lhe agradeço. Eu não sou rapaz; tenho 47 anos; e para a sua idade as relações de um homem como eu já não têm valor.

– A velhice, quando é respeitável, deve ser respeitada; e amada, quando é amável. Mas V. Exª não é velho; tem os cabelos apenas grisalhos: pode-se dizer que está na segunda mocidade.

– Parece-lhe isso.

– Parece e é.

– Seja como for – disse Meneses –, a verdade é que podemos ser amigos. Quantos anos tem?

– Vinte e quatro.

– Olhe lá; podia ser meu filho. Tem seus pais vivos?

– Morreram há quatro anos.

– Lembra-me haver dito que era solteiro...

– É verdade.

– De maneira que os seus cuidados são todos para a ciência?

– É a minha esposa.

– Sim, a sua esposa intelectual; mas essa não basta a um homem como o senhor... Enfim, isso é com o tempo; está ainda moço.

Durante este diálogo, Estêvão contemplava e observava Meneses, em cujo rosto batia a claridade que entrava por uma das janelas. Era uma cabeça severa, cheia de cabelos já grisalhos, que lhe caíam em gracioso desalinho. Tinha os olhos negros e um pouco amortecidos; adivinhava-se porém que deviam ter sido vivos e ardentes. As suíças também grisalhas eram como as de *lord* Palmerston, segundo dizem as gravuras. Não tinha rugas de velhice; tinha uma ruga na testa, entre as sobrancelhas, indício de concentração de espírito, e não vestígio do tempo. A testa era alta, o queixo e as maçãs do rosto um pouco salientes. Adivinhava-se que devia ter sido formoso no tempo da primeira mocidade; e antevia-se já uma velhice imponente e augusta. Sorria de quando em quando; e o sorriso, embora aquele rosto não fosse de um ancião, produzia uma impressão singular; parecia um raio de lua no meio de uma velha ruína. É que o sorriso era amável, mas não era alegre.

Todo aquele conjunto impressionava e atraía; Estêvão sentia-se cada vez mais arrastado para aquele homem, que o procurava, e lhe estendia a mão.

A conversa continuou no tom afetuoso com que começara; a primeira entrevista da amizade é o oposto da primeira entrevista do amor; nesta a mudez é a grande eloquência; naquela inspira-se e ganha-se a confiança, pela exposição franca dos sentimentos e das ideias.

Não se falou de política. Estêvão aludiu de passagem às funções de Meneses; mas foi um verdadeiro incidente a que o deputado não prestou atenção.

No fim de uma hora, Estêvão levantou-se para sair; tinha de ir ver um doente.

– O motivo é sagrado; senão retinha-o.

– Mas eu voltarei outras vezes.

– Sem dúvida alguma, e eu irei vê-lo algumas vezes. Se no fim de quinze dias não se aborrecer... Olhe, venha de tarde; janta algumas vezes comigo; depois da Câmara estou completamente livre.

Estêvão saiu prometendo tudo.

Voltou lá, com efeito, e jantou duas vezes com o deputado, que também visitou Estêvão em casa; foram ao teatro juntos; relacionaram-se intimamente com as famílias conhecidas. No fim de um mês eram dois amigos velhos. Tinham observado reciprocamente o caráter e os sentimentos. Meneses gostava de ver a seriedade do médico e o seu bom senso; estimava-o com as suas intolerâncias, aplaudindo-lhe a generosa ambição que o dominava. Pela sua parte o médico via em Meneses um homem que sabia ligar a austeridade dos anos à amabilidade de cavalheiro, modesto nas suas maneiras, instruído, sentimental. Da misantropia anunciada não encontrou vestígios. É verdade que em algumas ocasiões Meneses parecia mais disposto a ouvir do que a falar; e então o olhar tornava-se-lhe sombrio e parado, como se, em vez de ver os objetos exteriores, estivesse contemplando a sua própria consciência. Mas eram rápidos esses momentos, e Meneses voltava logo aos seus modos habituais.

"Não é um misantropo, pensava então Estêvão; mas este homem tem um drama dentro de si."

A observação de Estêvão adquiriu certo caráter de verossimilhança quando, uma noite em que se achavam no Teatro Lírico, Estêvão chamou a atenção de Meneses para uma mulher vestida de preto que se achava em um camarote da primeira ordem.

– Não conheço aquela mulher – disse Estêvão. – Sabe quem é?

Meneses olhou para o camarote indicado, contemplou a mulher por alguns instantes e respondeu:

– Não conheço.

A conversa ficou aí; mas o médico reparou que a mulher duas vezes olhou para Meneses, e este duas vezes para ela, encontrando-se os olhos de ambos.

No fim do espetáculo, os dois amigos dirigiram-se pelo corredor do lado em que estivera a mulher de preto. Estêvão teve apenas nova curiosidade, a curiosidade de artista: quis vê-la de perto. Mas a porta do camarote estava fechada. Teria já saído ou não? Era impossível sabê-lo. Meneses passou sem olhar. Ao chegarem ao patamar da escada que dá para o lado da Rua dos Ciganos, pararam os dois porque havia grande afluência de gente. Daí a pouco ouviu-se passo apressado; Meneses voltou o rosto; e dando o braço a Estêvão desceu imediatamente, apesar da dificuldade.

Estêvão compreendeu, mas nada viu.

Pela sua parte, Meneses não deu sinal algum.

Apenas se desembaraçaram da multidão, o deputado encetou uma alegre conversa com o médico.

– Que efeito lhe faz – perguntou ele – quando passa no meio de tantas damas elegantes, aquela confusão de sedas e de perfumes?

Estêvão respondeu distraidamente, e Meneses continuou a conversa no mesmo estilo; daí a cinco minutos a aventura do teatro tinha-se-lhe varrido da memória.

Capítulo IV

Um dia Estêvão Soares foi convidado para um baile em casa de um velho amigo de seu pai.

A sociedade era luzida e numerosa; Estêvão, embora vivesse muito arredado, achou ali grande número de conhecidas. Não dançou; viu, conversou, riu um pouco e saiu.

Mas ao entrar levava o coração livre; ao sair trouxe nele uma flecha, para falar a linguagem dos poetas da Arcádia; era a flecha do amor.

Do amor? A falar a verdade não se pode dar este nome ao sentimento experimentado por Estêvão; não era ainda o amor, mas bem pode ser que viesse a sê-lo. Por enquanto era um sentimento de fascinação doce e branda; uma mulher que lá estava produzira nele a impressão que as fadas produziam nos príncipes errantes ou nas princesas perseguidas, segundo nos rezam os contos das velhas.

A mulher em questão não era uma virgem; era uma viúva de trinta e quatro anos, bela como o dia, graciosa e terna. Estêvão via-a pela primeira vez; pelo menos não se lembrava daquelas feições. Conversou com ela durante meia hora, e tão encantado ficou com as maneiras, a voz, a beleza de Madalena, que ao chegar à casa não pôde dormir.

Como verdadeiro médico que era, sentia em si os sintomas dessa hipertrofia do coração que se chama amor e procurou combater a enfermidade nascente. Leu algumas páginas de matemáticas, isto é, percorreu-as com os olhos; porque apenas começava a ler o espírito alheava do livro onde apenas ficavam os olhos: o espírito ia ter com a viúva.

O cansaço foi mais feliz que Euclides: sobre a madrugada Estêvão Soares adormeceu.

Mas sonhou com a viúva.

Sonhou que a apertava em seus braços, que a cobria de beijos, que era seu esposo perante a Igreja e perante a sociedade.

Quando acordou e lembrou-se do sonho, Estêvão sorriu.

– Casar-me! – disse ele. – Era o que me faltava. Como poderia eu ser feliz com o espírito receoso e ambicioso que a natureza me deu? Acabemos com isto; nunca mais verei aquela mulher... e boa noite.

Começou a vestir-se.

Trouxeram-lhe o almoço; Estêvão comeu rapidamente, porque era tarde, e saiu para ir ver alguns doentes.

Mas ao passar pela Rua do Conde lembrou-se que Madalena lhe dissera morar ali; mas onde? A viúva disse-lhe o número; o médico porém estava tão embebido em ouvi-la falar que não o decorou.

Queria e não queria; protestava esquecê-la, e contudo daria o que se lhe pedisse para saber o número da casa naquele momento.

Como ninguém podia dizer-lhe, o rapaz tomou o partido de ir-se embora.

No dia seguinte, porém, teve o cuidado de passar duas vezes pela Rua do Conde a ver se descobria a encantadora viúva. Não descobriu nada; mas quando ia tomar um tílburi e voltar para casa encontrou o amigo de seu pai em cuja casa encontrara Madalena.

Estêvão já tinha pensado nele; mas imediatamente tirou dali o pensamento, porque ir perguntar-lhe onde morava a viúva era uma coisa que podia traí-lo.

Estêvão já empregava o verbo *trair.*

O homem em questão, depois de cumprimentar o médico, e trocar com ele algumas palavras, disse-lhe que ia à casa de Madalena, e despediu-se.

Estêvão estremeceu de satisfação.

Acompanhou de longe o amigo e viu-o entrar em uma casa.

"É ali", pensou ele.

E afastou-se rapidamente.

Quando entrou em casa achou uma carta para ele; a letra, que lhe era desconhecida, estava traçada com elegância e cuidado: a carta recendia de sândalo.

O médico rompeu o lacre.

A carta dizia assim:

Amanhã toma-se chá em minha casa. Se quiser vir passar algumas horas conosco dar-nos-á sumo prazer.

Madalena C...

Estêvão leu e releu o bilhete; teve ideia de levá-lo aos lábios, mas, envergonhado diante de si próprio por uma ideia que lhe parecia de fraqueza, cheirou simplesmente o bilhete e meteu-o no bolso.

Estêvão era um pouco fatalista.

"Se eu não fosse àquele baile não conhecia esta mulher, não andava agora com estes cuidados, e tinha conjurado uma desgraça ou uma felicidade, porque ambas as coisas podem nascer deste encontro fortuito. Que será? Eis-me na dúvida de Hamleto. Devo ir à casa dela? A cortesia pede que vá. Devo ir; mas irei encouraçado contra tudo. É preciso romper com estas ideias, e continuar a vida tranquila que tenho tido."

Estava nisto quando Meneses lhe entrou por casa. Vinha buscá-lo para jantar. Estêvão saiu com o deputado. Em caminho fez-lhe perguntas curiosas.

Por exemplo:

– Acredita no destino, meu amigo? Pensa que há um deus do bem e um deus do mal, em conflito travado sobre a vida do homem?

– O destino é a vontade – respondia Meneses –; cada homem faz o seu destino.

– Mas enfim nós temos pressentimentos... Às vezes adivinhamos acontecimentos em que não tomamos parte; não lhe parece que é um deus benfazejo que no-los segreda?

– Fala como um pagão; eu não creio em nada disso. Creio que tenho o estômago vazio, e o que melhor podemos fazer é jantar aqui mesmo no Hotel de Europa em vez de ir à Rua do Lavradio.

Subiram ao Hotel de Europa.

Ali havia vários deputados que conversavam de política, e os quais se reuniram a Meneses. Estêvão ouvia e respondia, sem esquecer nunca a viúva, a carta e o sândalo.

Assim, pois, davam-se contrastes singulares entre a conversa geral e o pensamento de Estêvão.

Dizia por exemplo um deputado:

– O governo é reator; as províncias não podem mais suportá-lo. Os princípios estão todos preteridos; na minha província foram demitidos alguns subdelegados pela circunstância única de serem meus parentes; meu cunhado, que era diretor das rendas, foi posto fora do lugar, e este deu-se a um peralta contraparente dos Valadares. Eu confesso que vou romper amanhã a oposição.

Estêvão olhava para o deputado; mas no interior estava dizendo isto:

"Com efeito, Madalena é bela, é admiravelmente bela. Tem uns olhos de matar. Os cabelos são lindíssimos: tudo nela é fascinador. Se pudesse ser minha mulher, eu seria feliz; mas quem sabe?... Contudo sinto que vou amá-la. Já é irresistível; é preciso amá-la; e ela? que quer dizer aquele convite? Amar-me-á?"

Estêvão embebera-se tanto nesta contemplação ideal, que, acontecendo perguntar-lhe um deputado se não achava a situação negra e carrancuda, Estêvão entregue ao seu pensamento respondeu:

– É lindíssima!

– Ah! – disse o deputado –, vejo que o senhor é ministerialista.

Estêvão sorriu; mas Meneses franziu o sobrolho.

Compreendera tudo.

Capítulo V

Quando saíram, o deputado disse ao médico:

– Meu amigo, você é desleal comigo...

– Por quê? – perguntou Estêvão meio sério e meio risonho, não compreendendo a observação do deputado.

– Sim – continuou Meneses –, você esconde-me um segredo...

– Eu?

– É verdade: e um segredo de amor.

– Ah!... – disse Estêvão – por que diz isso?

– Reparei há pouco que, ao passo que os mais conversavam em política, você pensava em uma mulher, e mulher... *lindíssima...*

Estêvão compreendeu que estava descoberto; não negou.

– É verdade, pensava em uma mulher.

– E eu serei o último a saber?

– Mas saber o quê? Não há amor, não há nada. Encontrei uma mulher que me impressionou e ainda agora me preocupa; mas é bem possível que não passe disto. Aí está. É um capítulo interrompido; um romance que fica na primeira página. Eu lhe digo: há de me ser difícil amar.

– Por quê?

– Eu sei? custa-me a crer no amor.

Meneses olhou fixamente para Estêvão, sorriu, abanou a cabeça e disse:

– Olhe, deixe a descrença para os que já sofreram as decepções; o senhor está moço, não conhece ainda nada desse sentimento. Na sua idade ninguém é cético... Demais, se a mulher é bonita, eu aposto que daqui a pouco há de dizer-me o contrário.

– Pode ser... – respondeu Estêvão.

E ao mesmo tempo entrou a pensar nas palavras de Meneses, palavras que ele comparava ao episódio do Teatro Lírico.

Entretanto, Estêvão foi ao convite de Madalena. Preparou-se e perfumou-se como se fosse falar a uma noiva. Que sairia daquele encontro? Viria de lá livre ou cativo? Já seria amado? Estêvão não deixou de pensá-lo; aquele convite parecia-lhe uma prova irrecusável. O médico entrando num tílburi começou a formar vários castelos no ar.

Enfim chegou à casa.

Capítulo VI

Madalena estava na sala acompanhada de um filho.

Ninguém mais.

Eram nove horas e meia.

– Viria eu cedo demais? – perguntou ele à dona da casa.

– O senhor nunca vem cedo.

Estêvão inclinou-se.

Madalena continuou:

– Se me acha só, é porque, tendo enfermado um pouco, mandei desavisar as poucas pessoas que eu havia convidado.

– Ah! mas eu não recebi...

– Naturalmente; eu não lhe mandei dizer nada. Era a primeira vez que o convidava; não queria por modo algum arredar de casa um homem tão distinto.

Estas palavras de Madalena não valiam coisa alguma, nem mesmo como desculpa, porque a desculpa é fraquíssima.

Estêvão compreendeu logo que havia algum motivo oculto.

Seria o amor?

Estêvão pensou que era, e doeu-se, porque, apesar de tudo, sonhara uma paixão mais reservada e menos precipitada. Não queria, embora lhe agradasse, ser objeto daquela preferência; e mais que tudo achava-se embaraçadíssimo diante de uma mulher a quem começava a amar, e que talvez o amasse. Que lhe diria? Era a primeira vez que o médico achava-se em tais apuros. Há toda a razão para supor que Estêvão naquele momento preferia estar cem léguas distante, e, contudo, longe que estivesse pensaria nela.

Madalena era excessivamente bela, embora mostrasse no rosto sinais de longo sofrimento. Era alta, cheia, tinha um belíssimo colo, magníficos braços, olhos castanhos e grandes, boca feita para ninho de amores.

Naquele momento trajava um vestido preto.

A cor preta ia-lhe muito bem.

Estêvão contemplava aquela figura com amor e adoração; ouvia-a falar e sentia-se encantado e dominado por um sentimento que não podia explicar.

Era um misto de amor e de receio.

Madalena mostrou-se delicada e solícita. Falou no merecimento do rapaz e na sua nascente reputação, e instou com ele para que fosse algumas vezes visitá-la.

Às 10 horas e meia serviu-se o chá na sala. Estêvão conservou-se lá até as 11 horas.

Chegando à rua o médico estava completamente namorado. Madalena tinha-o atado no seu carro, e o pobre rapaz nem vontade tinha de quebrar o jugo.

Caminhando para casa ia ele formando projetos: via-se casado com ela, amado e amante, causando inveja a todos, e mais que tudo feliz no seu interior.

Quando chegou à casa, lembrou-se de escrever uma carta que mandaria no dia seguinte a Meneses. Escreveu cinco e rasgou-as todas.

Afinal redigiu um simples bilhete nestes termos:

Meu amigo.

Você tem razão; na minha idade crê-se; eu creio e amo. Nunca o pensei; mas é verdade. Amo... Quer saber a quem? Hei de apresentá-lo em casa dela. Há de achá-la bonita... Se o é...!

A carta dizia muitas coisas mais; era tudo, porém, uma glosa do mesmo mote.

Estêvão voltou à casa de Madalena e as suas visitas começaram a ser regulares e assíduas.

A viúva usava para com ele de tanta solicitude que não era possível duvidar do sentimento que a dirigia. Pelo menos Estêvão assim o pensava. Achava-se quase sempre só, e deliciava-se em ouvi-la. A intimidade começou a estabelecer-se.

Logo na segunda visita, Estêvão falou-lhe em Meneses pedindo licença para apresentá-lo. A viúva disse que teria muito prazer em receber amigos de Estêvão; mas pedia-lhe que adiasse a apresentação. Todos os pedidos e todas as razões de Madalena eram dignas para o médico; não disse mais nada.

Como era natural, ao passo que as visitas à viúva eram mais assíduas, as visitas ao amigo eram mais raras.

Meneses não se queixou; compreendeu, e disse-o ao rapaz.

– Não se desculpe – acrescentou o deputado –, é natural; a amizade deve ceder o passo ao amor. O que eu quero é que seja feliz.

Um dia Estêvão pediu ao amigo que lhe contasse o motivo que o tinha feito descrer do amor, e se algum grande infortúnio lhe havia acontecido.

– Nada me aconteceu – disse Meneses.

Mas ao mesmo tempo, compreendendo que o médico merecia-lhe toda a confiança, e podia não acreditá-lo absolutamente, disse:

– Por que negá-lo? Sim, aconteceu-me um grande infortúnio; amei também, mas não encontrei no amor as doçuras e a dignidade do sentimento; enfim, é um drama íntimo de que não quero falar: limite-se a pateá-lo.

Capítulo VII

– Quando quiser que eu lhe apresente o meu amigo Meneses... – dizia Estêvão uma noite à viúva Madalena.

– Ah! é verdade; um dia destes. Vejo que o senhor é amigo dele.

– Somos amigos íntimos.

– Verdadeiros?

– Verdadeiros.

Madalena sorriu; e como estava brincando com os cabelos do filho deu-lhe um beijo na testa.

A criança riu alegremente e abraçou a mãe.

A ideia de vir a ser pai honorário do pequeno apresentou-se ao espírito de Estêvão. Contemplou-o, chamou por ele, acariciou-o e deu-lhe um beijo no mesmo lugar em que pousaram os lábios de Madalena.

Estêvão tocava piano, e às vezes executava algum pedaço de música a pedido de Madalena.

Nessas e noutras distrações lá passavam as horas.

O amor não adiantava um passo.

Podiam ser ambos duas crateras prestes a rebentar a lava; mas até então não davam o menor sinal de si.

Esta situação incomodava o rapaz, acanhava-o, e fazia-o sofrer; mas, quando ele pensava em dar um ataque decisivo, era exatamente quando se mostrava mais cobarde e poltrão.

Era o primeiro amor do rapaz: ele nem conhecia as palavras próprias desse sentimento.

Um dia resolveu escrever à viúva.

"É melhor, pensava ele; uma carta é eloquente e tem a grande vantagem de deixar a gente longe."

Entrou para o gabinete e começou uma carta.

Gastou nisso uma hora; cada frase ocupava-lhe muito tempo. Estêvão queria fugir à hipótese de ser classificado como tolo ou como sensual. Queria que a carta não respirasse sentimentos frívolos nem maus; queria revelar-se puro como era.

Mas de que não dependem às vezes os acontecimentos? Estêvão estava relendo e emendando a carta quando lhe entrou por casa um rapazola que tinha intimidade com ele. Chamava-se Oliveira e passava por ser o primeiro janota do Rio de Janeiro.

Entrou com um rolo de papel na mão.

Estêvão escondeu rapidamente a carta.

– Adeus, Estêvão! – disse o recém-chegado. – Estavas escrevendo algum libelo ou carta de namoro?

– Nem uma nem outra coisa – respondeu Estêvão secamente.

– Dou-te uma notícia.

– Que é?

– Entrei na literatura.

– Ah!

– É verdade, venho ler-te a primeira comédia.

– Deus me livre! – disse Estêvão levantando-se.

– Hás de ouvir, meu amigo; ao menos algumas cenas; dar-se-á caso que não me protejas nas letras? Anda cá; ao menos duas cenas. Sim? É pouca coisa.

Estêvão sentou-se.

O dramaturgo continuou:

– Talvez prefiras ouvir a minha tragédia intitulada – *O Punhal de Bruto...*

– Não, não; prefiro a comédia: é menos sanguinária. Vamos lá.

O Oliveira abriu o rolo, arranjou as folhas, tossiu e começou a ler o que se segue, com voz pausada e fanhosa:

Cena I

César (*entrando pela direita*); João (*pela esquerda*).

César – Fechada! A sinhá já se levantou?

João – Já, sim senhor; mas está incomodada.

César – O que tem?

João – Tem... está incomodada.

César – Já sei. (*Consigo*) "Os incômodos do costume." (*A João*) Qual é então o remédio hoje?

João – O remédio? (*Depois de uma pausa*) Não sei.

César – Está bom, vai-te!

Cena II

César, Freitas (*pela direita*).

César – Bom dia, Sr. procurador...

Freitas – De causas perdidas. Só me ocupo em procurar as perdidas. Procurar o que se não perdeu é tolice. A minha constituinte?

César – Disse-me o João que está incomodada.

Freitas – Mesmo para V. Sª?

César – (*Sentando-se*) Mesmo para mim. Por que me olha com esse olhar? Tem inveja?

Freitas – Não é inveja, é admiração! De ordinário ninguém corresponde ao nome que recebeu na pia; mas o Sr. César, benza-o Deus, não desmente que traz um nome significativo, e trata de ser nas páginas amorosas o que foi o outro nas batalhas campais.

César – Pois também os procuradores dizem coisas destas?

Freitas – De vez em quando. (*Indo sentar-se*) V. Sª admira-se?

César – (*Tirando charutos*) Como não é de costume... quer um charuto?

Freitas – Obrigado... Eu tomo rapé. (*Tira a boceta*) Quer uma pitada?

César – Obrigado.

Freitas – (*Sentando-se*) Pois a causa da minha constituinte vai às mil maravilhas. A parte contrária requereu assinação de dez dias, mas eu vou...

César – Está bom, Sr. Freitas, eu dispenso o resto; ou então não me fale linguagem do foro. Em resumo, ela vence?

Freitas – Está claro. Tratando provar que...

César – Vence, é quanto basta.

Freitas – Pudera não vencer! Pois se eu ando nisto...

César – Tanto melhor!

Freitas – Ainda não me lembro de ter perdido uma só causa: isto é, já perdi uma, mas é porque nas vésperas de ganhar disse-me o constituinte que desejava perdê-la. Dito e feito. Provei o contrário do que já tinha provado, e perdi... ou antes, ganhei, porque perder assim é ganhar.

César – É a fênix dos procuradores.

Freitas – (*Modestamente*) São os seus bons olhos...

César – Mas a consciência?

Freitas – Quem é a consciência?

César – A consciência, a sua consciência?

Freitas – A minha consciência? Ah! essa também ganha.

César – (*Levantando-se*) Ah! também?...

Freitas – (*O mesmo*) Tem V. Sª alguma demandazinha?

César – Não, não, não tenho; mas, quando tiver, fique descansado, vou bater à sua porta...

Freitas – Sempre às ordens de V. Sª.

Capítulo VIII

Estêvão interrompeu violentamente a leitura, o que desgostou bastante ao poeta novel. O pobre candidato às musas mal pôde balbuciar uma súplica; Estêvão mostrou-se surdo, e o mais que lhe concedeu foi ficar com a comédia para lê-la depois.

Oliveira contentou-se com isso; mas não se retirou sem recitar-lhe de cor uma fala do protagonista da tragédia, em versos duros e compridos, dando-lhe por quebra uma estrofe de uma poesia lírica, no estilo do Djinns de Vítor Hugo.

Enfim saiu.

Entretanto havia passado o tempo.

Estêvão releu a carta e quis ainda mandá-la; mas a interrupção do poeta fora proveitosa; relendo a carta, Estêvão achou-a fria e nula; a linguagem era ardente, mas não lhe correspondia ao fogo do coração.

– É inútil – disse ele rasgando a carta em mil pedaços –, a língua humana há de ser sempre impotente para exprimir certos afetos da alma; tudo aquilo era frio e diferente do que sinto. Estou condenado a não dizer nada ou a dizer mal. Ao pé dela não tenho forças, sinto-me fraco.

Estêvão parou diante da janela que dava para a rua, no momento em que passava um antigo colega dele, com a mulher de braço, a mulher que era bonita, e com quem se casara um mês antes.

Os dois iam alegres e felizes.

Estêvão contemplou aquele quadro com adoração e tristeza. O casamento já não era para ele aquele impossível de que falava quando apenas tinha ideias e não sentimentos. Agora era uma ventura realizável.

O casal que passara dera-lhe nova força.

– É preciso acabar com isto – dizia ele –; eu não posso deixar de ir àquela mulher e dizer-lhe que a amo, que a adoro, que desejo ser seu marido. Ela amar-me-á, se já me não ama: sim, ama-me.

E começou a vestir-se.

Quando calçava as luvas e lançava um olhar para o relógio, o criado trouxe-lhe uma carta.

Era de Madalena.

Espero, meu caro doutor, que não deixe de vir hoje; esperei-o ontem em vão. Desejo falar-lhe.

Estêvão acabou de ler este bilhete na escada, com tal pressa descia e tal urgência tinha de achar-se em casa da viúva.

O que ele não queria era perder aquele assomo de coragem.

Partiu.

Quando chegou à casa de Madalena achava-se esta à janela. Recebeu-o com a costumada afabilidade. Estêvão desculpou-se como pôde por não ter podido vir na véspera, acrescentando que só com desgosto do seu coração havia faltado.

Que melhor ocasião do que era essa para lançar a bomba de uma declaração franca e apaixonada? Estêvão hesitou alguns segundos; mas, tomando ânimo, ia continuar o período, quando a viúva lhe disse:

– Estava ansiosa por vê-lo para comunicar-lhe uma coisa de certa importância, e que só a um homem de honra, como o senhor, se pode confiar.

Estêvão empalideceu,

– Sabe onde foi que eu o vi pela primeira vez?

– No baile de***

– Não; foi antes disso; foi no Teatro Lírico.

– Ah!

– Lá o vi com o seu amigo Meneses.

– Fomos algumas vezes lá!

Madalena entrou então em uma longa exposição, que o rapaz ouviu sem pestanejar, mas pálido e agitado por comoções íntimas. As últimas palavras da viúva foram estas:

– Bem vê, senhor; coisas destas só uma grande alma pode ouvi-las. As pequenas não as compreendem. Se lhe mereço alguma coisa, e se esta confiança pode ser paga com um benefício, peço-lhe que faça o que lhe pedi.

O médico passou a mão pelos olhos, e apenas murmurou:

– Mas...

Neste momento entrava na sala o filhinho de Madalena; a viúva levantou-se e trouxe-o pela mão até o lugar onde se achava Estêvão Soares.

– Se não por mim – disse ela –, ao menos por esta criança inocente!

A criança, sem nada compreender, atirou-se aos braços de Estêvão. O moço deu-lhe um beijo na testa, e disse para a viúva:

– Se hesitei não foi porque duvidasse do que a senhora acaba de contar-me; foi porque a missão é espinhosa; mas prometo que hei de cumpri-la.

Capítulo IX

Estevão saiu da casa da viúva agitado por diversos sentimentos, com passo trêmulo e a vista turva. A conversa com a viúva fora um longo combate; a última promessa foi um golpe decisivo e mortal. Estêvão saía dali como um homem que acabava de matar as suas esperanças em flor; caminhava ao acaso, precisava de ar e queria meter-se em um quarto sombrio; quisera ao mesmo tempo estar solitário e no meio de imensa multidão.

No caminho encontrou Oliveira, o poeta novel.

Lembrou-se que a leitura da comédia impedira a remessa da carta, e portanto poupou-lhe um tristíssimo desengano.

Estêvão involuntariamente abraçou o poeta com toda a efusão d'alma.

Oliveira correspondeu ao abraço, e, quando pôde desligar-se do médico, disse-lhe:

– Obrigado, meu amigo; estas manifestações são muito honrosas para mim; sempre te conheci como um perfeito juiz literário, e a prova que acabas de dar-me é uma consolação e uma animação; consola-me do que tenho sofrido, anima-me para novos cometimentos. Se Torquato Tasso...

Diante desta ameaça de discurso, e sobretudo vendo a interpretação do seu abraço, Estêvão resolveu-se a continuar caminho abandonando o poeta.

– Adeus, tenho pressa.

– Adeus, obrigado!

Estêvão chegou à casa e atirou-se à cama. Ninguém o soube nunca, só as paredes do quarto foram testemunhas; mas a verdade é que Estêvão chorou lágrimas amargas.

Enfim que lhe dissera Madalena e que exigira dele?

A viúva não era viúva; era mulher de Meneses; viera do Norte meses antes do marido, que só veio como deputado; Meneses, que a amava doidamente, e que era amado com igual delírio, acusava-a de infidelidade; uma carta e um retrato eram os indícios; ela negou, mas explicou-se mal; o marido separou-se e mandou-a para o Rio de Janeiro.

Madalena aceitou a situação com resignação e coragem: não murmurou nem pediu; cumpriu a ordem do marido.

Todavia Madalena não era criminosa; o seu crime era uma aparência; estava condenada por fidelidade de honra. A carta e o retrato não lhe pertenciam; eram apenas um depósito imprudente e fatal. Madalena podia dizer tudo, mas era trair uma promessa; não quis; preferiu que a tempestade doméstica caísse unicamente sobre ela.

Agora, porém, a necessidade do segredo expirara; Madalena recebeu do Norte uma carta em que a amiga, no leito da morte, pedia que inutilizasse a carta e o retrato, ou os restituísse ao homem que lhos dera. Esta carta era uma justificação.

Madalena podia mandar a carta ao marido, ou pedir-lhe uma entrevista; mas receava tudo; sabia que seria inútil, porque Meneses era extremamente severo.

Vira o médico uma noite no teatro em companhia de seu marido; indagara e soube que eram amigos; pedia-lhe pois que fosse mediador entre os dois, que a salvasse e que reconstruísse uma família.

Não era pois somente o amor de Estêvão que sofria; era também o seu amor-próprio. Estêvão facilmente compreendeu que não fora atraído àquela casa para outra coisa. É verdade que a carta só chegara na véspera; mas a carta apenas vinha apressar a resolução. Naturalmente Madalena pedir-lhe-ia, sem haver carta, algum serviço análogo àquele.

Se se tratasse de qualquer outro homem, Estêvão recusaria o serviço que lhe pedia a viúva; mas tratava-se do seu amigo, de um homem a quem ele devia estima e serviços de amizade.

Aceitou, pois, a cruel missão.

– Cumpra-se o destino – disse ele –; hei de ir lançar a mulher que amo aos braços de outro; e, por desgraça maior, em vez de gozar com este restabelecimento de concórdia doméstica, vejo-me na dura situação de amar a mulher do meu amigo, isto é, de fugir para longe...

Estêvão não saiu mais de casa nesse dia.

Quis escrever ao deputado contando-lhe tudo; mas pensou que o melhor era falar-lhe de viva voz. Embora lhe custasse mais, era de mais efeito para o desempenho da sua promessa.

Adiou, porém, para o dia seguinte, ou antes para o mesmo dia, porque a noite não lhe interrompeu o tempo, visto que Estêvão não dormiu um minuto sequer.

Capítulo X

Levantou-se da cama o pobre namorado sem ter conseguido dormir. Vinha nascendo o sol.

Quis ler os jornais e pediu-os.

Já os ia pondo de lado, por haver acabado de ler, quando repentinamente viu o seu nome Impresso no *Jornal do Comércio*.

Era um artigo *a pedido* com o título de "Uma Obra-Prima".

Dizia o artigo:

Temos o prazer de anunciar ao país o próximo aparecimento de uma excelente comédia, estreia de um jovem literato fluminense, de nome Antônio Carlos de Oliveira.

Este robusto talento, por muito tempo incógnito, vai enfim entrar nos mares da publicidade, e para isso procurou logo ensaiar-se em uma obra de certo vulto.

Consta-nos que o autor, solicitado por seus numerosos amigos, leu há dias a comédia em casa do Sr. Dr. Estevão Soares, diante de um luzido auditório, que aplaudiu muito e profetizou no Sr. Oliveira um futuro Shakespeare.

O Sr. Dr. Estêvão Soares levou a sua amabilidade a ponto de pedir a comédia para ler segunda vez, e ontem ao encontrar-se na rua com o Sr. Oliveira, de tal entusiasmo vinha possuído que o abraçou estreitamente, com grande pasmo dos numerosos transeuntes.

Da parte de um juiz tão competente em matérias literárias este ato é honroso para o Sr. Oliveira.

Estamos ansiosos por ler a peça do Sr. Oliveira, e ficamos certos de que ela fará fortuna de qualquer teatro.

O amigo das letras.

Estêvão, apesar dos sentimentos que o agitavam então, enfureceu-se com o artigo que acabava de ler. Não havia dúvida que o autor dele era o próprio autor da comédia. O abraço da véspera fora mal interpretado, e o poetastro aproveitava-o em seu favor. Se ao menos não falasse no nome de Estêvão, este poderia desculpar a vaidadezinha do escritor. Mas o nome ali estava como cúmplice da obra.

Pondo de lado o *Jornal do Comércio*, Estêvão lembrou-se de protestar, e ia já escrever um artigo quando recebeu uma cartinha de Oliveira.

Dizia a carta:

Meu Estêvão.

Lembrou-se um amigo meu de escrever alguma coisa a propósito da minha peça. Expliquei-lhe como se dera a leitura em tua casa, e disse-lhe como é que, apesar do vivo desejo que tinhas de ouvir lê-la, interrompeste-me para ir cuidar de um doente. Apesar de tudo isto, o meu referido amigo contou hoje no Jornal do Comércio a história alterando um pouco a verdade. Desculpa-o; é a linguagem da amizade e da benevolência.

Ontem entrei para casa tão orgulhoso com o teu abraço que escrevi uma ode, e assim manifestou-se em mim a veia lírica, depois da cômica e da trágica. Aí te mando o rascunho; se não prestar, rasga-a.

A carta tinha, por engano, a data da véspera.

A ode era muito comprida; Estêvão nem a leu, atirou-a para um canto.

A ode começava assim:

Sai do teu monte, ó musa!
Vem inspirar a lira do poeta;
Enche de luz a minha fronte ousada,
E mandemos aos evos
Nas asas de uma estrofe igente e altíssona,
Do caro amigo o animador abraço!

Não canto os altos feitos
De Aquiles, nem traduzo os sons tremendos
Dos rufos marciais enchendo os campos!
Outro assunto me inspira.
Não canto a espada que dá morte e campa;
Canto o abraço que dá vida e glória!

Capítulo XI

Como havia prometido, Estêvão foi logo procurar o deputado Meneses. Em vez de ir direito ao fim, quis antes sondá-lo a respeito do seu passado. Era a primeira vez que o moço tocava em tal. Meneses não desconfiou, mas estranhou; mas tal confiança tinha nele que não recusou nada.

– Sempre imaginei – dissera-lhe Estêvão – que há na sua vida um drama. É talvez engano meu, mas a verdade é que ainda não perdi a ideia.

– Há, com efeito, um drama; mas um drama pateado. Não sorria; é assim. Que supõe então?

– Não suponho nada. Imagino que...

– Pede dramas a um homem político?

– Por que não?

– Eu lhe digo. Sou político e não sou. Não entrei na vida pública por vocação; entrei como se entra em uma sepultura: para dormir melhor. Por que o fiz? A razão é o drama de que me fala.

– Uma mulher, talvez.

– Sim, uma mulher.

– Talvez mesmo – disse Estêvão procurando sorrir –, talvez uma esposa.

Meneses estremeceu e olhou para o amigo, espantado e desconfiado.

– Quem lho disse?

– Pergunto.

– Uma esposa, sim; mas não lhe direi mais nada. É a primeira pessoa que ouve tanta coisa de mim. Deixemos o passado que morreu: *parce sepultis*.

– Conforme – disse Estêvão –; e se eu pertencer a uma seita filosófica que pretenda ressuscitar os mortos, mesmo quando é um passado...

– As suas palavras, ou querem dizer muito, ou nada. Qual é a sua intenção?

– A minha intenção não é ressuscitar o passado unicamente; é repará-lo, é restaurá-lo em todo o seu esplendor, com toda a legitimidade do seu direito; o meu fim é dizer-lhe, meu caro amigo, que a mulher condenada é uma mulher inocente.

Ouvindo estas palavras Meneses deu um pequeno grito.

Depois levantando-se com rapidez pediu a Estêvão que lhe dissesse o que sabia e como sabia.

Estêvão referiu tudo.

Quando concluiu a sua narração, o deputado abanou a cabeça com aquele último sintoma de incredulidade que é ainda um eco das grandes catástrofes domésticas.

Mas Estêvão ia armado contra as objeções do marido. Protestou energicamente pela defesa da mulher; instou pelo cumprimento do dever.

A última resposta de Meneses foi esta:

– Meu caro Estêvão, a mulher de César nem deve ser suspeitada. Acredito em tudo; mas o que está feito, está feito.

– O princípio é cruel, meu amigo.

– É fatal.

Estêvão saiu.

Ficando só, Meneses caiu em profunda meditação; ele acreditava em tudo, e amava a mulher; mas não acreditava que os belos dias pudessem voltar.

Recusando, pensava ele, era ficar no túmulo em que tivera tão brando sono.

Estêvão, porém, não desanimou.

Quando entrou em casa, escreveu uma longa carta ao deputado exortando-o a que restaurasse a família um momento separada e desfeita. Estêvão era eloquente; o coração de Meneses com pouco se contentava.

Enfim, nesta missão diplomática, o médico houve-se com suprema habilidade. No fim de alguns dias dissipara-se a nuvem do passado, e o casal reunira-se.

Como?

Madalena soube das disposições de Meneses e recebeu o anúncio de uma visita de seu marido.

Quando o deputado preparava-se para sair, vieram dizer-lhe que uma senhora o procurava.

A senhora era Madalena. Meneses nem quis abraçá-la; ajoelhou-se-lhe aos pés.

Tudo estava esquecido.

Quiseram celebrar a reconciliação, e Estêvão foi convidado para lá passar o dia em companhia dos seus amigos, que lhe deviam a felicidade.

Estêvão não foi.

Mas no dia seguinte Meneses recebeu este bilhete:

Desculpe, meu amigo, se não vou despedir-me pessoalmente. Sou obrigado a partir repentinamente para Minas. Voltarei daqui a alguns meses.

Estimo que sejam felizes, e espero que não se esqueçam de mim.

Meneses foi apressadamente à casa de Estêvão, e ainda o achou preparando as malas.

Achou singular a viagem, e mais singular o bilhete; mas o médico não revelou por modo nenhum o verdadeiro motivo da sua partida.

Quando Meneses voltou, comunicou à mulher as suas impressões; perguntou se ela compreendia aquilo.

– Não – respondeu Madalena.

Mas tinha compreendido enfim.

"Nobre alma!", disse ela consigo.

Nada disse ao marido; nisso mostrava-se esposa solícita pela tranquilidade conjugal; mas mostrava-se sobretudo mulher.

Meneses não foi à Câmara durante muitos dias, e no primeiro paquete seguiu para o Norte.

A ausência transtornou algumas votações, e a sua partida logrou muitos cálculos.

Mas o homem tem o direito de procurar a sua felicidade e a felicidade de Meneses era independente da política.

O segredo de Augusta

Capítulo primeiro

São onze horas da manhã.

D. Augusta Vasconcelos está reclinada sobre um sofá, com um livro na mão. Adelaide, sua filha, passa os dedos pelo teclado do piano.

– Papai já acordou? – pergunta Adelaide à sua mãe.

– Não – responde esta sem levantar os olhos do livro.

Adelaide levantou-se e foi ter com Augusta.

– Mas é tão tarde, mamãe – disse ela. – São onze horas. Papai dorme muito.

Augusta deixou cair o livro no regaço, e disse olhando para Adelaide:

– É que naturalmente recolheu-se tarde.

– Reparei já que nunca me despeço de papai quando me vou deitar. Anda sempre fora.

Augusta sorriu:

– És uma roceira – disse ela –; dormes com as galinhas. Aqui o costume é outro. Teu pai tem que fazer de noite.

– É política, mamãe? – perguntou Adelaide.

– Não sei – respondeu Augusta.

Comecei dizendo que Adelaide era filha de Augusta, e esta informação, necessária no romance, não o era menos na vida real em que se passou o episódio que vou contar, porque à primeira vista ninguém diria que havia ali mãe e filha; pareciam duas irmãs, tão jovem era a mulher de Vasconcelos.

Tinha Augusta trinta anos e Adelaide quinze; mas comparativamente a mãe parecia mais moça ainda que a filha. Conservava a mesma frescura dos quinze anos, e tinha de mais o que faltava a Adelaide, que era a consciência da beleza e da mocidade; consciência que seria louvável se não tivesse como consequência uma imensa e profunda vaidade. A sua estatura era mediana, mas imponente. Era muito alva e muito corada. Tinha os cabelos castanhos, e os olhos garços. As mãos compridas e benfeitas pareciam criadas para os afagos de amor. Augusta dava melhor emprego às suas mãos; calçava-as de macia pelica.

As graças de Augusta estavam todas em Adelaide, mas em embrião. Adivinhava-se que aos vinte anos Adelaide devia rivalizar com Augusta; mas por enquanto havia na menina uns restos da infância que não davam realce aos elementos que a natureza pusera nela.

Todavia, era bem capaz de apaixonar um homem, sobretudo se ele fosse poeta, e gostasse das virgens de quinze anos, até porque era um pouco pálida, e os poetas em todos os tempos tiveram sempre queda para as criaturas descoradas.

Augusta vestia com suprema elegância; gastava muito, é verdade; mas aproveitava bem as enormes despesas, se acaso é isso aproveitá-las. Deve-se fazer-lhe uma justiça; Augusta não regateava nunca; pagava o preço que lhe pediam por qualquer coisa. Punha nisso a sua grandeza, e achava que o procedimento contrário era ridículo e de baixa esfera.

Neste ponto Augusta partilhava os sentimentos e servia aos interesses de alguns mercadores, que entendem ser uma desonra abater alguma coisa no preço das suas mercadorias.

O fornecedor de fazendas de Augusta, quando falava a este respeito, costumava dizer-lhe:

– Pedir um preço e dar a fazenda por outro preço menor é confessar que havia intenção de esbulhar o freguês.

O fornecedor preferia fazer a coisa sem a confissão.

Outra justiça que devemos reconhecer era que Augusta não poupava esforços para que Adelaide fosse tão elegante como ela.

Não era pequeno o trabalho.

Adelaide desde a idade de cinco anos fora educada na roça em casa de uns parentes de Augusta, mais dados ao cultivo do café que às despesas do vestuário. Adelaide foi educada nesses hábitos e nessas ideias. Por isso quando chegou à corte, onde se reuniu à família, houve para ela uma verdadeira transformação. Passava de uma civilização para outra; viveu numa longa série de anos. O que lhe valeu é que tinha em sua mãe uma excelente mestra. Adelaide reformou-se, e no dia em que começa esta narração já era outra; todavia estava ainda muito longe de Augusta.

No momento em que Augusta respondia à curiosa pergunta de sua filha acerca das ocupações de Vasconcelos, parou um carro à porta.

Adelaide correu à janela.

– É D. Carlota, mamãe – disse a menina voltando-se para dentro.

Daí a alguns minutos entrava na sala a D. Carlota em questão. Os leitores ficarão conhecendo esta nova personagem com a simples indicação de que era um segundo volume de Augusta; bela, como ela; elegante, como ela; vaidosa, como ela.

Tudo isto quer dizer que eram ambas as mais afáveis inimigas que pode haver neste mundo.

Carlota vinha pedir a Augusta para ir cantar num concerto que ia dar em casa, imaginado por ela para o fim de inaugurar um magnífico vestido novo.

Augusta de boa vontade acedeu ao pedido.

– Como está seu marido? – perguntou ela a Carlota.

– Foi para a praça; e o seu?

– O meu dorme.

– Como um justo? – perguntou Carlota sorrindo maliciosamente.

– Parece – respondeu Augusta.

Neste momento, Adelaide, que por pedido de Carlota tinha ido tocar um noturno ao piano, voltou para o grupo.

A amiga de Augusta perguntou-lhe:

– Aposto que já tem algum noivo em vista?

A menina corou muito, e balbuciou:

– Não fale nisso.

– Ora, há de ter! Ou então aproxima-se da época em que há de ter um noivo, e eu já lhe profetizo que há de ser bonito...

– É muito cedo – disse Augusta.

– Cedo!

– Sim, está muito criança; casar-se-á quando for tempo, e o tempo está longe...

– Já sei – disse Carlota rindo –, quer prepará-la bem... Aprovo-lhe a intenção. Mas nesse caso não lhe tire as bonecas.

– Já não as tem.

– Então é difícil impedir os namorados. Uma coisa substitui a outra.

Augusta sorriu, e Carlota levantou-se para sair.

– Já? – disse Augusta.

– É preciso; adeus!

– Adeus!

Trocaram-se alguns beijos e Carlota saiu logo.

Logo depois chegaram dois caixeiros: um com alguns vestidos e outro com um romance; eram encomendas feitas na véspera. Os vestidos eram caríssimos, e o romance tinha este título: *Fanny*, por Ernesto Feydeau.

Capítulo II

Pela uma hora da tarde do mesmo dia levantou-se Vasconcelos da cama.

Vasconcelos era um homem de quarenta anos, bem-apessoado, dotado de um maravilhoso par de suíças grisalhas, que lhe davam um ar de diplomata, coisa de que estava afastado umas boas cem léguas. Tinha a cara risonha e expansiva; todo ele respirava uma robusta saúde.

Possuía uma boa fortuna e não trabalhava, isto é; trabalhava muito na destruição da referida fortuna, obra em que sua mulher colaborava conscienciosamente.

A observação de Adelaide era verídica; Vasconcelos recolhia-se tarde; acordava sempre depois do meio-dia; e saía às ave-marias para voltar na madrugada seguinte. Quer dizer que fazia com regularidade algumas pequenas excursões à casa da família.

Só uma pessoa tinha o direito de exigir de Vasconcelos mais alguma assiduidade em casa: era Augusta; mas ela nada lhe dizia. Nem por isso se davam mal, porque o marido em compensação da tolerância de sua esposa não lhe negava nada, e todos os caprichos dela eram de pronto satisfeitos.

Se acontecia que Vasconcelos não pudesse acompanhá-la a todos os passeios e bailes, incumbia-se disso um irmão dele, comendador de duas ordens, político de oposição, excelente jogador de voltarete, e homem amável nas horas vagas, que eram bem poucas. O irmão Lourenço era o que se pode chamar um irmão terrível. Obedecia a todos os desejos da cunhada, mas não poupava de quando em quando um sermão ao irmão. Boa semente que não pegava.

Acordou, pois, Vasconcelos, e acordou de bom humor. A filha alegrou-se muito ao vê-lo, e ele mostrou-se de uma grande afabilidade com a mulher, que lhe retribuiu do mesmo modo.

– Por que acorda tão tarde? – perguntou Adelaide acariciando as suíças de Vasconcelos.

– Porque me deito tarde.

– Mas por que se deita tarde?

– Isso agora é muito perguntar! – disse Vasconcelos sorrindo.

E continuou:

– Deito-me tarde porque assim o pedem as necessidades políticas. Tu não sabes o que é política; é uma coisa muito feia, mas muito necessária.

– Sei o que é política, sim! – disse Adelaide.

– Ah! explica-me lá então o que é.

– Lá na roça, quando quebraram a cabeça ao juiz de paz, disseram que era por política; o que eu achei esquisito, porque a política seria não quebrar a cabeça...

Vasconcelos riu muito com a observação da filha, e foi almoçar, exatamente quando entrava o irmão, que não pôde deixar de exclamar:

– A boa hora almoças tu!

– Aí vens tu com as tuas reprimendas. Eu almoço quando tenho fome... Vê se me queres agora escravizar às horas e às denominações. Chama-lhe almoço ou *lunch*, a verdade é que estou comendo.

Lourenço respondeu com uma careta.

Terminado o almoço, anunciou-se a chegada do Sr. Batista. Vasconcelos foi recebê-lo no gabinete particular.

Batista era um rapaz de vinte e cinco anos; era o tipo acabado do pândego; excelente companheiro numa ceia de sociedade equívoca, nulo conviva numa sociedade honesta. Tinha chiste e certa inteligência, mas era preciso que estivesse em clima próprio para que se lhe desenvolvessem essas qualidades. No mais era bonito; tinha um lindo bigode; calçava botins do Campas, e vestia no mais apurado gosto; fumava tanto como um soldado e tão bem como um *lord*.

– Aposto que acordaste agora? – disse Batista entrando no gabinete do Vasconcelos.

– Há três quartos de hora; almocei neste instante. Toma um charuto.

Batista aceitou o charuto, e estirou-se numa cadeira americana, enquanto Vasconcelos acendia um fósforo.

– Viste o Gomes? – perguntou Vasconcelos.

– Vi-o ontem. Grande notícia: rompeu com a sociedade.

– Deveras?

– Quando lhe perguntei por que motivo ninguém o via há um mês, respondeu-me que estava passando por uma transformação, e que do Gomes que foi só ficará lembrança. Parece incrível, mas o rapaz fala com convicção.

– Não creio; aquilo é alguma caçoada que nos quer fazer. Que novidades há?

– Nada; isto é, tu é que deves saber alguma coisa.

– Eu, nada...

– Ora essa! não foste ontem ao Jardim?

– Fui, sim; houve uma ceia...

– De família, sim. Eu fui ao Alcazar. A que horas acabou a reunião?

– Às quatro da manhã...

Vasconcelos estendeu-se numa rede, e a conversa continuou por esse tom, até que um moleque veio dizer a Vasconcelos que estava na sala o Sr. Gomes.

– Eis o homem! – disse Batista.

– Manda subir – ordenou Vasconcelos.

O moleque desceu para dar o recado; mas só um quarto de hora depois é que Gomes apareceu, por demorar-se algum tempo embaixo conversando com Augusta e Adelaide.

– Quem é vivo sempre aparece – disse Vasconcelos ao avistar o rapaz.

– Não me procuram... – disse ele.

– Perdão; eu já lá fui duas vezes, e disseram-me que havias saído.

– Só por grande fatalidade, porque eu quase nunca saio.

– Mas então estás completamente ermitão?

– Estou crisálida; vou reaparecer borboleta – disse Gomes sentando-se.

– Temos poesia... Guarda debaixo, Vasconcelos.

O novo personagem, o Gomes tão desejado e tão escondido, representava ter cerca de trinta anos. Ele, Vasconcelos e Batista eram a trindade do prazer e da dissipação, ligada por uma indissolúvel amizade. Quando Gomes, cerca de um mês antes, deixou de aparecer nos círculos do costume, todos repararam nisso, mas só Vasconcelos e Batista sentiram deveras. Todavia, não insistiram muito em arrancá-lo à solidão, somente pela consideração de que talvez houvesse nisso algum interesse do rapaz.

Gomes foi portanto recebido como um filho pródigo.

– Mas onde te meteste? que é isso de crisálida e de borboleta? Cuidas que eu sou do mangue?

– É o que lhes digo, meus amigos. Estou criando asas.

– Asas! – disse Batista sufocando uma risada.

– Só se são asas de gavião para cair.

– Não, estou falando sério.

E com efeito Gomes apresentava um ar sério e convencido.

Vasconcelos e Batista olharam um para o outro.

– Pois se é verdade isso que dizes, explica-nos lá que asas são essas, e sobretudo para onde é que queres voar.

A estas palavras de Vasconcelos, acrescentou Batista:

– Sim, deves dar-nos uma explicação, e se nós, que somos o teu conselho de família, acharmos que a explicação é boa, aprovamo-la; senão, ficas sem asas, e ficas sendo o que sempre foste.

– Apoiado – disse Vasconcelos.

– Pois é simples; estou criando asas de anjo, e quero voar para o céu do amor.

– Do amor! – disseram os dois amigos de Gomes.

– É verdade – continuou Gomes. – Que fui eu até hoje? Um verdadeiro estróina, um perfeito pândego, gastando às mãos largas a minha fortuna e o meu coração. Mas isto é bastante para encher a vida? Parece que não...

– Até aí concordo... isso não basta; é preciso que haja outra coisa; a diferença está na maneira de...

– É exato – disse Vasconcelos –; é exato; é natural que vocês pensem de modo diverso, mas eu acho que tenho razão em dizer que sem o amor casto e puro a vida é um puro deserto.

Batista deu um pulo.

Vasconcelos fitou os olhos em Gomes:

– Aposto que vais casar? – disse-lhe.

– Não sei se vou casar; sei que amo, e espero acabar por casar-me com a mulher a quem amo.

– Casar! – exclamou Batista.

E soltou uma estridente gargalhada.

Mas Gomes falava tão seriamente, insistia com tanta gravidade naqueles projetos de regeneração, que os dois amigos acabaram por ouvi-lo com igual seriedade.

Gomes falava uma linguagem estranha, e inteiramente nova na boca de um rapaz que era o mais doido e ruidoso nos festins de Baco e de Citera.

– Assim, pois, deixa-nos? – perguntou Vasconcelos.

– Eu? Sim, e não; encontrar-me-ão nas salas; nos hotéis e nas casas equívocas, nunca mais.

– *De profundis*... – cantarolou Batista.

– Mas, afinal de contas – disse Vasconcelos –, onde está a tua Marion? Pode-se saber quem ela é?

– Não é Marion, é Virgínia... Pura simpatia ao princípio, depois afeição pronunciada, hoje paixão verdadeira. Lutei enquanto pude; mas abati as armas diante de uma força maior. O meu grande medo era não ter uma alma capaz de oferecer a essa gentil criatura. Pois tenho-a, e tão fogosa, e tão virgem como no tempo dos meus dezoito anos. Só o casto olhar de uma virgem poderia descobrir no meu lodo essa pérola divina. Renasço melhor do que era...

– Está claro, Vasconcelos, o rapaz está doido; mandemo-lo para a Praia Vermelha; e como pode ter algum acesso, eu vou-me embora...

Batista pegou no chapéu.

– Aonde vais? – disse-lhe Gomes.

– Tenho que fazer; mas logo aparecerei em tua casa; quero ver se ainda é tempo de arrancar-te a esse abismo.

E saiu.

Capítulo III

Os dois ficaram sós.

– Então é certo que estás apaixonado?

– Estou. Eu bem sabia que vocês dificilmente acreditariam nisto; eu próprio não creio ainda, e contudo é verdade. Acabo por onde tu começaste. Será melhor ou pior? Eu creio que é melhor.

– Tens interesse em ocultar o nome da pessoa?

– Oculto-o por ora a todos, menos a ti.

– É uma prova de confiança...

Gomes sorriu.

– Não – disse ele –, é uma condição *sine qua non*; antes de todos tu deves saber quem é a escolhida do meu coração; trata-se de tua filha.

– Adelaide? – perguntou Vasconcelos espantado.

– Sim, tua filha.

A revelação de Gomes caiu como uma bomba. Vasconcelos nem por sombras suspeitava semelhante coisa.

– Este amor é da tua aprovação? – perguntou-lhe Gomes.

Vasconcelos refletia, e depois de alguns minutos de silêncio, disse:

– O meu coração aprova a tua escolha; és meu amigo, estás apaixonado, e uma vez que ela te ame...

Gomes ia falar, mas Vasconcelos continuou sorrindo:

– Mas a sociedade?

– Que sociedade?

– A sociedade que nos tem em conta de libertinos, a ti e a mim, é natural que não aprove o meu ato.

– Já vejo que é uma recusa – disse Gomes entristecendo.

– Qual recusa, pateta! É uma objeção, que tu poderás destruir dizendo: a sociedade é uma grande caluniadora e uma famosa indiscreta. Minha filha é tua, com uma condição.

– Qual?

– A condição da reciprocidade. Ama-te ela?

– Não sei – respondeu Gomes.

– Mas desconfias.

– Não sei; sei que a amo e que daria a minha vida por ela, mas ignoro se sou correspondido.

– Hás de ser... Eu me incumbirei de apalpar o terreno. Daqui a dois dias dou-te a minha resposta. Ah! se ainda tenho de ver-te meu genro!

A resposta de Gomes foi cair-lhe nos braços. A cena já roçava pela comédia quando deram três horas. Gomes lembrou-se que tinha *rendez-vous* com um amigo; Vasconcelos lembrou-se que tinha de escrever algumas cartas.

Gomes saiu sem falar às senhoras.

Pelas quatro horas Vasconcelos dispunha-se a sair, quando vieram anunciar-lhe a visita do Sr. José Brito.

Ao ouvir este nome o alegre Vasconcelos franziu o sobrolho.

Pouco depois entrava no gabinete o Sr. José Brito.

O Sr. José Brito era para Vasconcelos um verdadeiro fantasma, um eco do abismo, uma voz da realidade; era um credor.

– Não contava hoje com a sua visita – disse Vasconcelos.

– Admira – respondeu o Sr. José Brito com uma placidez de apunhalar –, porque hoje são 21.

– Cuidei que eram 19 – balbuciou Vasconcelos.

– Anteontem, sim; mas hoje são 21. Olhe – continuou o credor pegando no *Jornal do Comércio* que se achava numa cadeira –: quinta-feira 21.

– Vem buscar o dinheiro?

– Aqui está a letra – disse o Sr. José Brito tirando a carteira do bolso e um papel da carteira.

– Por que não veio mais cedo? – perguntou Vasconcelos, procurando assim espaçar a questão principal.

– Vim às oito horas da manhã – respondeu o credor –, estava dormindo; vim às nove, idem; vim às dez, idem; vim às onze, idem; vim ao meio-dia, idem. Quis vir à uma hora, mas tinha de mandar um homem para a cadeia e não me foi possível acabar cedo. Às três jantei, e às quatro aqui estou.

Vasconcelos puxava o charuto a ver se lhe ocorria alguma ideia boa de escapar ao pagamento com que ele não contava.

Não achava nada; mas o próprio credor forneceu-lhe ensejo.

– Além de que – disse ele –, a hora não importa nada, porque eu estava certo de que o senhor me vai pagar.

– Ah! – disse Vasconcelos – é talvez um engano; eu não contava com o senhor hoje, e não arranjei o dinheiro.

– Então, como há de ser? – perguntou o credor com ingenuidade.

Vasconcelos sentiu entrar-lhe n'alma a esperança.

– Nada mais simples – disse –; o senhor espera até amanhã.

– Amanhã, quero assistir à penhora de um indivíduo que mandei processar por uma larga dívida; não posso...

– Perdão, eu levo-lhe o dinheiro à sua casa...

– Isso seria bom se os negócios comerciais se arranjassem assim. Se fôssemos dois amigos é natural que eu me contentasse com a sua promessa, e tudo acabaria amanhã; mas eu sou seu credor, e só tenho em vista salvar o meu interesse... Portanto, acho melhor pagar hoje...

Vasconcelos passou a mão pelos cabelos.

– Mas se eu não tenho! – disse ele.

– É uma coisa que o deve incomodar muito, mas que a mim não me causa a menor impressão... isto é, deve causar-me alguma, porque o senhor está hoje em situação precária.

– Eu?

– É verdade; as suas casas da Rua da Imperatriz estão hipotecadas; a da Rua de S. Pedro foi vendida, e a importância já vai longe; os seus escravos têm ido a um e um, sem que o senhor o perceba, e as despesas que o senhor há pouco fez para montar uma casa a certa dama da sociedade equívoca são imensas. Eu sei tudo; sei mais do que o senhor...

Vasconcelos estava visivelmente aterrado.

O credor dizia a verdade.

– Mas enfim – disse Vasconcelos –, o que havemos de fazer?

– Uma coisa simples; duplicamos a dívida, e o senhor passa-me agora mesmo um depósito.

– Duplicar a dívida! mas isto é um...

– Isto é uma tábua de salvação; sou moderado. Vamos lá, aceite. Escreva-me aí o depósito, e rasga-se a letra.

Vasconcelos ainda quis fazer objeção; mas era impossível convencer o Sr. José Brito.

Assinou o depósito de dezoito contos.

Quando o credor saiu, Vasconcelos entrou a meditar seriamente na sua vida.

Até então gastara tanto e tão cegamente que não reparara no abismo que ele próprio cavara a seus pés.

Veio porém adverti-lo a voz de um dos seus algozes.

Vasconcelos refletiu, calculou, recapitulou as suas despesas e as suas obrigações, e viu que da fortuna que possuía tinha na realidade menos da quarta parte.

Para viver como até ali vivera, aquilo era nada menos que a miséria.

Que fazer em tal situação?

Vasconcelos pegou no chapéu e saiu.

Vinha caindo a noite.

Depois de andar algum tempo pelas ruas entregue às suas meditações, Vasconcelos entrou no Alcazar.

Era um meio de distrair-se.

Ali encontraria a sociedade do costume.

Batista veio ao encontro do amigo.

– Que cara é essa? – disse-lhe.

– Não é nada, pisaram-me um calo – respondeu Vasconcelos, que não encontrava melhor resposta.

Mas um pedicuro que se achava perto de ambos ouviu o dito, e nunca mais perdeu de vista o infeliz Vasconcelos, a quem a coisa mais indiferente incomodava. O olhar persistente do pedicuro aborreceu-o tanto, que Vasconcelos saiu.

Entrou no Hotel de Milão, para jantar. Por mais preocupado que ele estivesse, a exigência do estômago não se demorou.

Ora, no meio do jantar lembrou-lhe aquilo, que não devia ter-lhe saído da cabeça: o pedido de casamento feito nessa tarde por Gomes.

Foi um raio de luz.

"Gomes é rico, pensou Vasconcelos; o meio de escapar a maiores desgostos é este; Gomes casa-se com Adelaide, e como é meu amigo não me negará o que eu precisar. Pela minha parte procurarei ganhar o perdido... Que boa fortuna foi aquela lembrança do casamento!"

Vasconcelos comeu alegremente; voltou depois ao Alcazar, onde alguns rapazes e *outras pessoas* fizeram esquecer completamente os seus infortúnios.

Às três horas da noite Vasconcelos entrava para casa com a tranquilidade e regularidade do costume.

Capítulo IV

No dia seguinte o primeiro cuidado de Vasconcelos foi consultar o coração de Adelaide. Queria porém fazê-lo na ausência de Augusta. Felizmente esta precisava de ir ver à Rua da Quitanda umas fazendas novas, e saiu com o cunhado, deixando a Vasconcelos toda a liberdade.

Como os leitores já sabem, Adelaide queria muito ao pai, e era capaz de fazer por ele tudo. Era, além disso, um excelente coração. Vasconcelos contava com essas duas forças.

– Vem cá, Adelaide – disse ele entrando na sala –; sabes quantos anos tens?

– Tenho quinze.

– Sabes quantos anos tem tua mãe?

– Vinte e sete, não é?

– Tem trinta; quer dizer que tua mãe casou-se com quinze anos.

Vasconcelos parou, a fim de ver o efeito que produziam estas palavras; mas foi inútil a expectativa; Adelaide não compreendeu nada.

O pai continuou:

– Não pensaste no casamento?

A menina corou muito, hesitou em falar, mas, como o pai instasse, respondeu:

– Qual, papai! eu não quero casar...

– Não queres casar? É boa! por quê?

– Porque não tenho vontade, e vivo bem aqui.

– Mas tu podes casar e continuar a viver aqui...

– Bem; mas não tenho vontade.

– Anda lá... Amas alguém, confessa.

– Não me pergunte isso, papai... eu não amo ninguém.

A linguagem de Adelaide era tão sincera, que Vasconcelos não podia duvidar.

"Ela fala a verdade, pensou ele; é inútil tentar por esse lado..."

Adelaide sentou-se ao pé dele, e disse:

– Portanto, meu paizinho, não falemos mais nisso...

– Falemos, minha filha; tu és criança, não sabes calcular. Imagina que eu e tua mãe morremos amanhã. Quem te há de amparar? Só um marido.

– Mas se eu não gosto de ninguém...

– Por ora; mas hás de vir a gostar se o noivo for um bonito rapaz, de bom coração... Eu já escolhi um que te ama muito, e a quem tu hás de amar.

Adelaide estremeceu.

– Eu? – disse ela. – Mas... quem é?

– É o Gomes.

– Não o amo, meu pai...

– Agora, creio; mas não negas que ele é digno de ser amado. Dentro de dois meses está apaixonada por ele.

Adelaide não disse palavra. Curvou a cabeça e começou a torcer nos dedos uma das suas tranças bastas e negras. O seio arfava-lhe com força; a menina tinha os olhos cravados no tapete.

– Vamos, está decidido, não? – perguntou Vasconcelos.

– Mas, papai, e se eu for infeliz?...

– Isso é impossível, minha filha; hás de ser muito feliz; e hás de amar muito a teu marido.

– Oh! papai – disse-lhe Adelaide com os olhos rasos de água –, peço-lhe que não me case ainda.

– Adelaide, o primeiro dever de uma filha é obedecer a seu pai, e eu sou teu pai. Quero que te cases com o Gomes; hás de casar.

Estas palavras, para terem todo o efeito, deviam ser seguidas de uma retirada rápida. Vasconcelos compreendeu isso, e saiu da sala deixando Adelaide na maior desolação.

Adelaide não amava ninguém. A sua recusa não tinha por ponto de partida nenhum outro amor; também não era resultado de aversão que tivesse pelo seu pretendente.

A menina sentia simplesmente uma total indiferença pelo rapaz.

Nestas condições o casamento não deixava de ser uma odiosa imposição.

Mas que faria Adelaide? a quem recorreria?

Recorreu às lágrimas.

Quanto a Vasconcelos, subiu ao gabinete e escreveu as seguintes linhas ao futuro genro:

Tudo caminha bem; autorizo-te a vires fazer corte à pequena, e espero que dentro de dois meses o casamento esteja concluído.

Fechou a carta e mandou-a.

Pouco depois voltaram de fora Augusta e Lourenço.

Enquanto Augusta subiu para o quarto da *toilette* para mudar de roupa, Lourenço foi ter com Adelaide, que estava no jardim.

Reparou que ela tinha os olhos vermelhos, e inquiriu a causa; mas a moça negou que fosse de chorar.

Lourenço não acreditou nas palavras da sobrinha, e instou com ela para que lhe contasse o que havia.

Adelaide tinha grande confiança no tio, até por causa da sua rudeza de maneiras. No fim de alguns minutos de instâncias, Adelaide contou a Lourenço a cena com o pai.

– Então, é por isso que estás chorando, pequena?

– Pois então? Como fugir ao casamento?

– Descansa, não te casarás; eu te prometo que não te hás de casar...

A moça sentiu um estremecimento de alegria.

– Promete, meu tio, que há de convencer a papai?

– Hei de vencê-lo ou convencê-lo, não importa; tu não te hás de casar. Teu pai é um tolo.

Lourenço subiu ao gabinete de Vasconcelos, exatamente no momento em que este se dispunha a sair.

– Vais sair? – perguntou-lhe Lourenço.

– Vou.

– Preciso falar-te.

Lourenço sentou-se, e Vasconcelos, que já tinha o chapéu na cabeça, esperou de pé que ele falasse.

– Senta-te – disse Lourenço.

Vasconcelos sentou-se.

– Há dezesseis anos...

– Começas de muito longe; vê se abrevias uma meia dúzia de anos, sem o que não prometo ouvir o que me vais dizer.

– Há dezesseis anos – continuou Lourenço – que és casado; mas a diferença entre o primeiro dia e o dia de hoje é grande.

– Naturalmente – disse Vasconcelos. – *Tempora mutantur est.*

– Naquele tempo – continuou Lourenço – dizias que encontraras um paraíso, o verdadeiro paraíso, e foste durante dois ou três anos o modelo dos maridos. Depois mudaste completamente; e o paraíso tornar-se-ia verdadeiro inferno se tua mulher não fosse tão indiferente e fria como é, evitando assim as mais terríveis cenas domésticas.

– Mas, Lourenço, que tens com isso?

– Nada; nem é disso que vou falar-te. O que me interessa é que não sacrifiques tua filha por um capricho, entregando-a a um dos teus companheiros de vida solta...

Vasconcelos levantou-se:

– Estás doido! – disse ele.

– Estou calmo, e dou-te o prudente conselho de não sacrificares tua filha a um libertino.

– Gomes não é libertino; teve uma vida de rapaz, é verdade, mas gosta de Adelaide, e reformou-se completamente. É um bom casamento, e por isso acho que todos devemos aceitá-lo. É a minha vontade, e nesta casa quem manda sou eu.

Lourenço procurou falar ainda, mas Vasconcelos já ia longe. "Que fazer?", pensou Lourenço.

Capítulo V

A oposição de Lourenço não causava grande impressão a Vasconcelos. Ele podia, é verdade, sugerir à sobrinha ideias de resistência; mas Adelaide, que era um espírito fraco, cederia ao último que lhe falasse, e os conselhos de um dia seriam vencidos pela imposição do dia seguinte.

Todavia era conveniente obter o apoio de Augusta. Vasconcelos pensou em tratar disso o mais cedo que lhe fosse possível.

Entretanto, urgia organizar os seus negócios, e Vasconcelos procurou um advogado a quem entregou todos os papéis e informações, encarregando-o de orientá-lo em todas as necessidades da situação, quais os meios que poderia opor em qualquer caso de reclamação por dívida ou hipoteca.

Nada disto fazia supor da parte de Vasconcelos uma reforma de costumes. Preparava-se apenas para continuar a vida anterior.

Dois dias depois da conversa com o irmão, Vasconcelos procurou Augusta, para tratar francamente do casamento de Adelaide.

Já nesse intervalo o futuro noivo, obedecendo ao conselho de Vasconcelos, fazia corte prévia à filha. Era possível que, se o casamento não lhe fosse imposto, Adelaide acabasse por gostar do rapaz. Gomes era um homem belo e elegante; e, além disso, conhecia todos os recursos de que se deve usar para impressionar uma mulher.

Teria Augusta notado a presença assídua do moço? Vasconcelos fazia essa pergunta ao seu espírito no momento em que entrava na *toilette* da mulher.

– Vais sair? – perguntou ele.

– Não; tenho visitas.

– Ah! quem?

– A mulher do Seabra – disse ela.

Vasconcelos sentou-se, e procurou um meio de encabeçar a conversa especial que ali o levava.

– Estás muito bonita hoje!

– Deveras? – disse ela sorrindo. – Pois estou hoje como sempre, e é singular que o digas hoje...

– Não; realmente hoje estás mais bonita do que costumas, a ponto que sou capaz de ter ciúmes...

– Qual! – disse Augusta com um sorriso irônico.

Vasconcelos coçou a cabeça, tirou o relógio, deu-lhe corda; depois entrou a puxar as barbas, pegou numa folha, leu dois ou três anúncios, atirou a folha ao chão, e afinal, depois de um silêncio já prolongado, Vasconcelos achou melhor atacar a praça de frente.

– Tenho pensado ultimamente em Adelaide – disse ele.

– Ah! por quê?

– Está moça...

– Moça! – exclamou Augusta – é uma criança...

– Está mais velha do que tu quando te casaste...

Augusta franziu ligeiramente a testa.

– Mas então... – disse ela.

– Então é que eu desejo fazê-la feliz e feliz pelo casamento. Um rapaz, digno dela a todos os respeitos, pediu-ma há dias, e eu disse-lhe que sim. Em sabendo quem é, aprovarás a escolha; é o Gomes. Casamo-la, não?

– Não! – respondeu Augusta.

– Como, não?

– Adelaide é uma criança; não tem juízo nem idade própria... Casar-se-á quando for tempo.

– Quando for tempo? Estás certa se o noivo esperará até que seja tempo?

– Paciência – disse Augusta.

– Tens alguma coisa que notar no Gomes?

– Nada. É um moço distinto; mas não convém a Adelaide.

Vasconcelos hesitava em continuar; parecia-lhe que nada se podia arranjar; mas a ideia da fortuna deu-lhe forças, e ele perguntou:

– Por quê?

– Estás certo de que ele convenha a Adelaide? – perguntou Augusta, eludindo a pergunta do marido.

– Afirmo que convém.

– Convenha ou não, a pequena não deve casar já.

– E se ela amasse?...

– Que importa isso? esperaria!

– Entretanto, Augusta, não podemos prescindir deste casamento... É uma necessidade fatal.

– Fatal? não compreendo.

– Vou explicar-me. O Gomes tem uma boa fortuna.

– Também nós temos uma...

– É o teu engano – interrompeu Vasconcelos.

– Como assim?

Vasconcelos continuou:

– Mais tarde ou mais cedo havias de sabê-lo, e eu estimo ter esta ocasião de dizer-te toda a verdade. A verdade é que, se não estamos pobres, estamos arruinados.

Augusta ouviu estas palavras com os olhos espantados. Quando ele acabou, disse:

– Não é possível!

– Infelizmente é verdade!

Seguiu-se algum tempo de silêncio.

"Tudo está arranjado", pensou Vasconcelos.

Augusta rompeu o silêncio.

– Mas – disse ela –, se a nossa fortuna está abalada, creio que o senhor tem coisa melhor para fazer do que estar conversando; é reconstruí-la.

Vasconcelos fez com a cabeça um movimento de espanto, e, como se fosse aquilo uma pergunta, Augusta apressou-se a responder:

– Não se admire disto; creio que o seu dever é reconstruir a fortuna.

– Não me admira esse dever; admira-me que mo lembres por esse modo. Dir-se-ia que a culpa é minha...

– Bom! – disse Augusta. – Vais dizer que fui eu...

– A culpa, se culpa há, é de nós ambos.

– Por quê? é também minha?

– Também. As tuas despesas loucas contribuíram em grande parte para este resultado; eu nada te recusei nem recuso, e é nisso que sou culpado. Se é isso que me lanças em rosto, aceito.

Augusta levantou os ombros com um gesto de despeito; e deitou a Vasconcelos um olhar de tamanho desdém que bastaria para intentar uma ação de divórcio.

Vasconcelos viu o movimento e o olhar.

– O amor do luxo e do supérfluo – disse ele – há de sempre produzir estas consequências. São terríveis, mas explicáveis. Para conjurá-las era preciso viver com moderação. Nunca pensaste nisso. No fim de seis meses de casada entraste a viver no turbilhão da moda, e o pequeno regato das despesas tornou-se um rio imenso de desperdícios. Sabes o que me disse uma vez meu irmão? Disse-me que a ideia de mandar Adelaide para a roça foi-te sugerida pela necessidade de viver sem cuidados de natureza alguma.

Augusta tinha-se levantado e deu alguns passos; estava trêmula e pálida.

Vasconcelos ia por diante nas suas recriminações, quando a mulher o interrompeu, dizendo:

– Mas por que motivo não impediu o senhor essas despesas que eu fazia?

– Queria a paz doméstica.

– Não! – clamou ela. – O senhor queria ter por sua parte uma vida livre e independente; vendo que eu me entregava a essas despesas imaginou comprar a minha tolerância com a sua tolerância. Eis o único motivo; a sua vida não será igual à minha; mas é pior... Se eu fazia despesas em casa, o senhor as fazia na rua... É inútil negar, porque eu sei tudo; conheço, de nome, as rivais que sucessivamente o senhor me deu, e nunca lhe disse uma única palavra, nem agora lho censuro, porque seria inútil e tarde.

A situação tinha mudado. Vasconcelos começara constituindo-se juiz, e passara a ser corréu. Negar era impossível; discutir era arriscado e inútil. Preferiu sofismar.

– Dado que fosse assim (e eu não discuto esse ponto), em todo caso a culpa será de nós ambos, e não vejo razão para que ma lances em rosto. Devo reparar a fortuna, concordo; há um meio, e é este: o casamento de Adelaide com o Gomes.

– Não! – disse Augusta.

– Bem; seremos pobres, ficaremos piores do que estamos agora; venderemos tudo...

– Perdão – disse Augusta –, eu não sei por que razão não há de o senhor, que é forte, e tem a maior parte no desastre, empregar esforços para a reconstrução da fortuna destruída.

– É trabalho longo; e daqui até lá a vida continua e gasta-se. O meio, já lho disse, é este: casar Adelaide com o Gomes.

– Não quero! – disse Augusta. – Não consinto em semelhante casamento.

Vasconcelos ia responder, mas Augusta, logo depois de proferir estas palavras, tinha saído precipitadamente do gabinete.

Vasconcelos saiu alguns minutos depois.

Capítulo VI

Lourenço não teve conhecimento da cena entre o irmão e a cunhada, e depois da teima de Vasconcelos resolveu nada mais dizer; entretanto, como queria muito à sobrinha, e não queria vê-la entregue a um homem de costumes que ele reprovava, Lourenço esperou que a situação tomasse caráter mais decisivo para assumir mais ativo papel.

Mas, a fim de não perder tempo, e poder usar alguma arma poderosa, Lourenço tratou de instaurar uma pesquisa mediante a qual pudesse colher informações minuciosas acerca de Gomes.

Este cuidava que o casamento era coisa decidida, e não perdia um só dia na conquista de Adelaide.

Notou, porém, que Augusta tornava-se mais fria e indiferente, sem causa que ele conhecesse, e entrou-lhe no espírito a suspeita de que viesse dali alguma oposição.

Quanto a Vasconcelos, desanimado pela cena da *toilette*, esperou melhores dias, e contou sobretudo com o império da necessidade.

Um dia, porém, exatamente quarenta e oito horas depois da grande discussão com Augusta, Vasconcelos fez dentro de si esta pergunta:

"Augusta recusa a mão de Adelaide para o Gomes; por quê?"

De pergunta em pergunta, de dedução em dedução, abriu-se no espírito de Vasconcelos campo para uma suspeita dolorosa.

"Ama-lo-á ela?", perguntou ele a si próprio.

Depois, como se o abismo atraísse o abismo, e uma suspeita reclamasse outra, Vasconcelos perguntou:

– Ter-se-iam eles amado algum tempo?

Pela primeira vez, Vasconcelos sentiu morder-lhe no coração a serpe do ciúme.

Do ciúme digo eu, por eufemismo; não sei se aquilo era ciúme; era amor-próprio ofendido.

As suspeitas de Vasconcelos teriam razão?

Devo dizer a verdade: não tinham. Augusta era vaidosa, mas era fiel ao infiel marido; e isso por dois motivos: um de consciência, outro de temperamento. Ainda que ela não estivesse convencida do seu dever de esposa, é certo que nunca trairia o juramento conjugal. Não era feita para as paixões, a não serem as paixões ridículas que a vaidade impõe. Ela amava antes de tudo a sua própria beleza; o seu melhor amigo era o que dissesse que ela era mais bela entre as mulheres; mas, se lhe dava a sua amizade, não lhe daria nunca o coração; isso a salvava.

A verdade é esta; mas quem o diria a Vasconcelos? Uma vez suspeitoso de que a sua honra estava afetada, Vasconcelos começou a recapitular toda a sua vida. Gomes frequentava a sua casa há seis anos, e tinha nela plena liberdade. A traição era fácil. Vasconcelos entrou a recordar as palavras, os gestos, os olhares, tudo que antes lhe foi indiferente, e que naquele momento tomava um caráter suspeitoso.

Dois dias andou Vasconcelos cheio deste pensamento. Não saía de casa. Quando Gomes chegava, Vasconcelos observava a mulher com desusada persistência; a própria frieza com que ela recebia o rapaz era aos olhos do marido uma prova do delito.

Estava nisto, quando na manhã do terceiro dia (Vasconcelos já se levantava cedo) entrou-lhe no gabinete o irmão, sempre com o ar selvagem do costume.

A presença de Lourenço inspirou a Vasconcelos a ideia de contar-lhe tudo.

Lourenço era um homem de bom senso, e em caso de necessidade era um apoio.

O irmão ouviu tudo quanto Vasconcelos contou, e concluindo este, rompeu o seu silêncio com estas palavras:

– Tudo isso é uma tolice; se tua mulher recusa o casamento, será por qualquer outro motivo que não esse.

– Mas é o casamento com o Gomes que ela recusa.

– Sim, porque lhe falaste no Gomes; fala-lhe em outro, talvez recuse do mesmo modo. Há de haver outro motivo; talvez Adelaide lhe contasse, talvez lhe pedisse para opor-se, porque tua filha não ama o rapaz, e não pode casar com ele.

– Não casará.

– Não só por isso, mas até porque...

– Acaba.

– Até porque este casamento é uma especulação do Gomes.

– Uma especulação? – perguntou Vasconcelos.

– Igual à tua – disse Lourenço. – Tu dás-lhe a filha com os olhos na fortuna dele; ele aceita-a com os olhos na tua fortuna.

– Mas ele possui...

– Não possui nada; está arruinado como tu. Indaguei e soube da verdade. Quer naturalmente continuar a mesma vida dissipada que teve até hoje, e a tua fortuna é um meio.

– Estás certo disso?

– Certíssimo!

Vasconcelos ficou aterrado. No meio de todas as suspeitas, ainda lhe restava a esperança de ver a sua honra salva, e realizado aquele negócio que lhe daria uma excelente situação.

Mas a revelação de Lourenço matou-o.

– Se queres uma prova, manda chamá-lo, e dize-lhe que estás pobre, e por isso lhe recusas a filha; observa-o bem, e verás o efeito que as tuas palavras lhe hão de produzir.

Não foi preciso mandar chamar o pretendente. Daí a uma hora apresentou-se ele em casa de Vasconcelos.

Vasconcelos mandou-o subir ao gabinete.

Capítulo VII

Logo depois dos primeiros cumprimentos Vasconcelos disse:

– Ia mandar chamar-te.

– Ah! para quê? – perguntou Gomes.

– Para conversarmos acerca do... casamento.

– Ah! há algum obstáculo?

– Conversemos.

Gomes tornou-se mais sério; entrevia alguma dificuldade grande.

Vasconcelos tomou a palavra.

– Há circunstâncias – disse ele – que devem ser bem definidas, para que se possa compreender bem...

– É a minha opinião.

– Amas minha filha?

– Quantas vezes queres que to diga?

– O teu amor está acima de todas as circunstâncias?...

– De todas, salvo aquelas que entenderem com a felicidade dela.

– Devemos ser francos; além de amigo que sempre foste, és agora quase meu filho... A discrição entre nós seria indiscreta.

– Sem dúvida! – respondeu Gomes.

– Vim a saber que os meus negócios param mal; as despesas que fiz alteraram profundamente a economia da minha vida, de modo que eu não te minto dizendo que estou pobre.

Gomes reprimiu uma careta.

– Adelaide – continuou Vasconcelos – não tem fortuna, não terá mesmo dote; é apenas uma mulher que eu te dou. O que te afianço é que é um anjo, e que há de ser excelente esposa.

Vasconcelos calou-se, e o seu olhar cravado no rapaz parecia querer arrancar-lhe das feições as impressões da alma.

Gomes devia responder; mas durante alguns minutos houve entre ambos um profundo silêncio.

Enfim o pretendente tomou a palavra.

– Aprecio – disse ele – a tua franqueza, e usarei de franqueza igual.

– Não peço outra coisa...

– Não foi por certo o dinheiro que me inspirou este amor; creio que me farás a justiça de crer que eu estou acima dessas considerações. Além de que, no dia em que eu te pedi a querida do meu coração, acreditava estar rico.

– Acreditavas?

– Escuta. Só ontem é que o meu procurador me comunicou o estado dos meus negócios.

– Mau?

– Se fosse isso apenas! Mas imagina que há seis meses estou vivendo pelos esforços inauditos que o meu procurador fez para apurar algum dinheiro, pois que ele não tinha ânimo de dizer-me a verdade. Ontem soube tudo!

– Ah!

– Calcula qual é o desespero de um homem que acredita estar bem, e reconhece um dia que não tem nada!

– Imagino por mim!

– Entrei alegre aqui, porque a alegria que eu ainda tenho reside nesta casa; mas a verdade é que estou à beira de um abismo. A sorte castigou-nos a um tempo.

Depois desta narração, que Vasconcelos ouviu sem pestanejar, Gomes entrou no ponto mais difícil da questão.

– Aprecio a tua franqueza, e aceito tua filha sem fortuna; também eu não tenho, mas ainda me restam forças para trabalhar.

– Aceitas?

– Escuta. Aceito D. Adelaide, mediante uma condição; é que ela queira esperar algum tempo, a fim de que eu comece a minha vida. Pretendo ir ao governo e pedir um lugar qualquer, se é que ainda me lembro do que aprendi na escola... Apenas tenha começado a vida, cá virei buscá-la. Queres?

– Se ela consentir – disse Vasconcelos abraçando esta tábua de salvação –, é coisa decidida.

Gomes continuou:

– Bem, falarás nisso amanhã, e mandar-me-ás resposta. Ah! se eu tivesse ainda a minha fortuna! Era agora que eu queria provar-te a minha estima!

– Bem, ficamos nisto.

– Espero a tua resposta.

E despediram-se.

Vasconcelos ficou fazendo esta reflexão:

"De tudo quanto ele disse só acredito que já não tem nada. Mas é inútil esperar: duro com duro não faz bom muro".

Pela sua parte Gomes desceu a escada dizendo consigo:

"O que acho singular é que estando pobre viesse dizer-mo assim tão antecipadamente quando eu estava caído. Mas esperarás debalde: duas metades de cavalo não fazem um cavalo".

Vasconcelos desceu.

A sua intenção era comunicar a Augusta o resultado da conversa com o pretendente. Uma coisa, porém, o embaraçava: era a insistência de Augusta em não consentir no casamento de Adelaide, sem dar nenhuma razão da recusa.

Ia pensando nisto, quando, ao atravessar a sala de espera, ouviu vozes na sala de visitas.

Era Augusta que conversava com Carlota.

Ia entrar quando estas palavras lhe chegaram ao ouvido:

– Mas Adelaide é muito criança.

Era a voz de Augusta.

– Criança! – disse Carlota.

– Sim; não está em idade de casar.

– Mas eu no teu caso não punha embargos ao casamento, ainda que fosse daqui a alguns meses, porque o Gomes não me parece mau rapaz...

– Não é; mas enfim eu não quero que Adelaide se case.

Vasconcelos colou o ouvido à fechadura, e temia perder uma só palavra do diálogo.

– O que eu não compreendo – disse Carlota – é a tua insistência. Mais tarde ou mais cedo Adelaide há de vir a casar-se.

– Oh! o mais tarde possível – disse Augusta.

Houve um silêncio.

Vasconcelos estava impaciente.

– Ah! – continuou Augusta – se soubesses o terror que me dá a ideia do casamento de Adelaide...

– Por que, meu Deus?

– Por que, Carlota? Tu pensas em tudo, menos numa coisa. Eu tenho medo por causa dos filhos dela que serão meus netos! A ideia de ser avó é horrível, Carlota.

Vasconcelos respirou, e abriu a porta.

– Ah! – disse Augusta.

Vasconcelos cumprimentou Carlota, e apenas esta saiu, voltou-se para a mulher, e disse:

– Ouvi a tua conversa com aquela mulher...

– Não era segredo; mas... que ouviste?

Vasconcelos respondeu sorrindo:

– Ouvi a causa dos teus terrores. Não cuidei nunca que o amor da própria beleza pudesse levar a tamanho egoísmo. O casamento com o Gomes não se realiza; mas, se Adelaide amar alguém, não sei como lhe recusaremos o nosso consentimento...

– Até lá... esperemos – respondeu Augusta.

A conversa parou nisto; porque aqueles dois consortes distanciavam-se muito; um tinha a cabeça nos prazeres ruidosos da mocidade, ao passo que a outra meditava exclusivamente em si.

No dia seguinte Gomes recebeu uma carta de Vasconcelos concebida nestes termos:

Meu Gomes.

Ocorre uma circunstância inesperada; é que Adelaide não quer casar. Gastei a minha lógica, mas não alcancei convencê-la.

Teu Vasconcelos.

Gomes dobrou a carta e acendeu com ela um charuto, e começou a fumar fazendo esta reflexão profunda:

"Onde acharei eu uma herdeira que me queira por marido?"

Se alguém souber avise-o em tempo.

Depois do que acabamos de contar, Vasconcelos e Gomes encontram-se às vezes na rua ou no Alcazar; conversam, fumam, dão o braço um ao outro, exatamente como dois amigos, que nunca foram, ou como dois velhacos que são.

Confissões de uma viúva moça

Capítulo primeiro

Há dois anos tomei uma resolução singular: fui residir em Petrópolis em pleno mês de junho. Esta resolução abriu largo campo às conjeturas. Tu mesma, nas cartas que me escreveste para aqui, deitaste o espírito a adivinhar e figuraste mil razões, cada qual mais absurda.

A estas cartas, em que a tua solicitude traía a um tempo dois sentimentos, a afeição da amiga e a curiosidade de mulher, a essas cartas não respondi e nem podia responder. Não era oportuno abrir-te o meu coração nem desfiar-te a série de motivos que me arredou da corte, onde as óperas do Teatro Lírico, as tuas partidas e os serões familiares do primo Barros deviam distrair-me da recente viuvez.

Esta circunstância de viuvez recente acreditavam muitos que fosse o único motivo da minha fuga. Era a versão menos equívoca. Deixei-a passar como todas as outras e conservei-me em Petrópolis.

Logo no verão seguinte vieste com teu marido para cá, disposta a não voltar para a corte sem levar o segredo que eu teimava em não revelar. A palavra não fez mais do que a carta. Fui discreta como um túmulo, indecifrável como a Esfinge. Depuseste as armas e partiste.

Desde então não me trataste senão por tua Esfinge.

Era Esfinge, era. E se, como Édipo, tivesses respondido ao meu enigma a palavra "homem", descobririas o meu segredo, e desfarias o meu encanto.

Mas não antecipemos os acontecimentos, como se diz nos romances.

É tempo de contar-te este episódio da minha vida.

Quero fazê-lo por cartas e não por boca. Talvez corasse de ti. Deste modo o coração abre-se melhor e a vergonha não vem tolher a palavra nos lábios. Repara que eu não falo em lágrimas, o que é um sintoma de que a paz voltou ao meu espírito.

As minhas cartas irão de oito em oito dias, de maneira que a narrativa pode fazer-te o efeito de um folhetim de periódico semanal.

Dou-te a minha palavra de que hás de gostar e aprender.

E oito dias depois da minha última carta irei abraçar-te, beijar-te, agradecer-te. Tenho necessidade de viver. Estes dois anos são nulos na conta de minha vida: foram dois anos de tédio, de desespero íntimo, de orgulho abatido, de amor abafado.

Lia, é verdade. Mas só o tempo, a ausência, a ideia do meu coração enganado, da minha dignidade ofendida puderam trazer-me a calma necessária, a calma de hoje.

E sabe que não ganhei só isto. Ganhei conhecer um homem cujo retrato trago no espírito e que me parece singularmente parecido com outros muitos. Já não é pouco; e a lição há de servir-me, como a ti, como às nossas amigas inexperientes. Mostra-lhes estas cartas; são folhas de um roteiro que, se eu tivera antes, talvez não houvesse perdido uma ilusão e dois anos de vida.

Devo terminar esta. É o prefácio do meu romance, estudo, conto, o que quiseres. Não questiono sobre a designação, nem consulto para isso os mestres d'arte.

Estudo ou romance, isto é simplesmente um livro de verdades, um episódio singelamente contado, na confabulação íntima dos espíritos, na plena confiança de dois corações que se estimam e se merecem.

Adeus.

Capítulo II

Era no tempo de meu marido.

A corte estava então animada e não tinha esta cruel monotonia que eu sinto aqui através das tuas cartas e dos jornais de que sou assinante.

Minha casa era um ponto de reunião de alguns rapazes conversados e algumas moças elegantes. Eu, rainha eleita pelo voto universal... de minha casa, presidia aos serões familiares. Fora de casa, tínhamos os teatros animados, as partidas das amigas, mil outras distrações que davam à minha vida certas alegrias exteriores em falta das íntimas, que são as únicas verdadeiras e fecundas.

Se eu não era feliz, vivia alegre.

E aqui vai o começo do meu romance.

Um dia meu marido pediu-me como obséquio especial que eu não fosse à noite ao Teatro Lírico. Dizia ele que não podia acompanhar-me por ser véspera de saída de paquete.

Era razoável o pedido.

Não sei, porém, que espírito mau sussurrou-me ao ouvido e eu respondi peremptoriamente que havia de ir ao teatro, e com ele. Insistiu no pedido, insisti na recusa. Pouco bastou para que eu julgasse a minha honra empenhada naquilo. Hoje vejo que era a minha vaidade ou o meu destino.

Eu tinha certa superioridade sobre o espírito de meu marido. O meu tom imperioso não admitia recusa; meu marido cedeu a despeito de tudo, e à noite fomos ao Teatro Lírico.

Havia pouca gente e os cantores estavam endefluxados. No fim do primeiro ato, meu marido, com um sorriso vingativo, disse-me estas palavras rindo-se:

– Estimei isto.

– Isto? – perguntei eu franzindo a testa.

– Este espetáculo deplorável. Fizeste da vinda hoje ao teatro um capítulo de honra; estimo ver que o espetáculo não correspondeu à tua expectativa.

– Pelo contrário, acho magnífico.

– Está bom.

Deves compreender que eu tinha interesse em me não dar por vencida; mas acreditas facilmente que no fundo eu estava perfeitamente aborrecida do espetáculo e da noite.

Meu marido, que não ousava retorquir, calou-se com ar de vencido, e adiantando-se um pouco à frente do camarote percorreu com o binóculo as linhas dos poucos camarotes fronteiros em que havia gente.

Eu recuei a minha cadeira, e, encostada à divisão do camarote, olhava para o corredor vendo a gente que passava.

No corredor, exatamente em frente à porta do nosso camarote, estava um sujeito encostado, fumando e com os olhos fitos em mim. Não reparei ao princípio, mas a insistência obrigou-me a isso. Olhei para ele a ver se era algum conhecido nosso que esperava ser descoberto a fim de vir então cumprimentar-nos. A intimidade podia explicar este brinco. Mas não conheci.

Depois de alguns segundos, vendo que ele não tirava os olhos de mim, desviei os meus e cravei-os no pano da boca e na plateia.

Meu marido, tendo acabado o exame dos camarotes, deu-me o binóculo e sentou-se ao fundo diante de mim.

Trocamos algumas palavras.

No fim de um quarto de hora a orquestra começou os prelúdios para o segundo ato. Levantei-me, meu marido aproximou a cadeira para a frente, e nesse ínterim lancei um olhar furtivo para o corredor.

O homem estava lá.

Disse a meu marido que fechasse a porta.

Começou o segundo ato.

Então, por um espírito de curiosidade, procurei ver se o meu observador entrava para as cadeiras. Queria conhecê-lo melhor no meio da multidão.

Mas, ou porque não entrasse, ou porque eu não tivesse reparado bem, o que é certo é que o não vi.

Correu o segundo ato mais aborrecido do que o primeiro.

No intervalo recuei de novo a cadeira, e meu marido, a pretexto de que fazia calor, abriu a porta do camarote.

Lancei um olhar para o corredor.

Não vi ninguém; mas daí a poucos minutos chegou o mesmo indivíduo, colocando-se no mesmo lugar, e fitou em mim os mesmos olhos impertinentes.

Somos todas vaidosas da nossa beleza e desejamos que o mundo inteiro nos admire. É por isso que muitas vezes temos a indiscrição de admirar a corte mais ou menos arriscada de um homem. Há, porém, uma maneira de fazê-la que nos irrita e nos assusta; irrita-nos por impertinente, assusta-nos por perigosa. É o que se dava naquele caso.

O meu admirador insistia de modo tal que me levava a um dilema: ou ele era vítima de uma paixão louca, ou possuía a audácia mais desfaçada. Em qualquer dos casos não era conveniente que eu animasse as suas adorações.

Fiz estas reflexões enquanto decorria o tempo do intervalo. Ia começar o terceiro ato. Esperei que o mudo perseguidor se retirasse e disse a meu marido:

– Vamos?

– Ah!

– Tenho sono simplesmente; mas o espetáculo está magnífico.

Meu marido ousou exprimir um sofisma.

– Se está magnífico, como te faz sono?

Não lhe dei resposta.

Saímos.

No corredor encontramos a família do Azevedo que voltava de uma visita a um camarote conhecido. Demorei-me um pouco para abraçar as senhoras. Disse-lhes que tinha uma dor de cabeça e que me retirava por isso.

Chegamos à porta da Rua dos Ciganos.

Aí esperei o carro por alguns minutos.

Quem me havia de aparecer ali, encostado ao portal fronteiro?

O misterioso.

Enraiveci.

Cobri o rosto o mais que pude com o meu capuz e esperei o carro, que chegou logo.

O misterioso lá ficou tão insensível e tão mudo como o portal a que estava encostado.

Durante a viagem a ideia daquele incidente não me saiu da cabeça. Fui despertada na minha distração quando o carro parou à porta da casa, em Mata-cavalos.

Fiquei envergonhada de mim mesma e decidi não pensar mais no que se havia passado.

Mas acreditarás, tu, Carlota? Dormi meia hora mais tarde do que supunha, tanto a minha imaginação teimava em reproduzir o corredor, o portal, e o meu admirador platônico.

No dia seguinte pensei menos. No fim de oito dias tinha-me varrido do espírito aquela cena, e eu dava graças a Deus por haver-me salvo de uma preocupação que podia ser-me fatal.

Quis acompanhar o auxílio divino, resolvendo não ir ao teatro durante algum tempo.

Sujeitei-me à vida íntima e limitei-me à distração das reuniões à noite.

Entretanto estava próximo o dia dos anos da tua filhinha. Lembrei-me que, para tomar parte na tua festa de família, tinha começado um mês antes um trabalhozinho. Cumpria rematá-lo.

Uma quinta-feira de manhã mandei vir os preparos da obra e ia continuá-la, quando descobri dentre uma meada de lã um invólucro azul fechando uma Carta.

Estranhei aquilo. A carta não tinha indicação. Estava colada e parecia esperar que a abrisse a pessoa a quem era endereçada. Quem seria? Seria meu marido? Acostumada a abrir todas as cartas que lhe eram dirigidas, não hesitei. Rompi o invólucro e descobri o papel cor-de-rosa que vinha dentro.

Dizia a carta:

Não se surpreenda, Eugênia; este meio é o do desespero, este desespero é o do amor. Amo-a e muito. Até certo tempo procurei fugir-lhe e abafar este sentimento; não posso mais. Não me viu no Teatro Lírico? Era uma força oculta e interior que me levava ali. Desde então não a vi mais. Quando a verei? Não a veja embora, paciência; mas que o seu coração palpite por mim um minuto em cada dia é quanto basta a um amor que não busca nem as venturas do gozo, nem as galas da publicidade. Se a ofendo, perdoe um pecador; se pode amar-me, faça-me um deus.

Li esta carta com a mão trêmula e os olhos anuviados; e ainda durante alguns minutos depois não sabia o que era de mim.

Cruzavam-se e confundiam-se mil ideias na minha cabeça, como estes pássaros negros que perpassam em bandos no céu nas horas próximas da tempestade.

Seria o amor que movera a mão daquele incógnito? Seria simplesmente aquilo um meio do sedutor calculado? Eu lançava um olhar vago em derredor e temia ver entrar meu marido.

Tinha o papel diante de mim e aquelas letras misteriosas pareciam-me outros tantos olhos de uma serpente infernal. Com um movimento nervoso e involuntário amarrotei a carta nas mãos.

Se Eva tivesse feito outro tanto à cabeça da serpente que a tentava não houvera pecado. Eu não podia estar certa do mesmo resultado, porque esta que me aparecia ali e cuja cabeça eu esmagava podia, como a hidra de Lerna, brotar muitas outras cabeças.

Não cuides que eu fazia então esta dupla evocação bíblica e pagã. Naquele momento, não refletia, desvairava; só muito depois pude ligar duas ideias.

Dois sentimentos atuavam em mim: primeiramente, uma espécie de terror que infundia o abismo, abismo profundo que eu pressentia atrás daquela carta; depois uma vergonha amarga de ver que eu não estava tão alta na consideração daquele desconhecido, que pudesse demovê-lo do meio que empregou.

Quando o meu espírito se acalmou é que eu pude fazer a reflexão que devia acudir-me desde o princípio. Quem poria ali aquela carta? Meu primeiro movimento foi para chamar todos os meus fâmulos.

Mas deteve-me logo a ideia de que por uma simples interrogação nada poderia colher e ficava divulgado o achado da carta. De que valia isto?

Não chamei ninguém.

Entretanto, dizia eu comigo, a empresa foi audaz; podia falhar a cada trâmite; que móvel impeliu àquele homem a dar este passo? Seria amor ou sedução?

Voltando a este dilema, meu espírito, apesar dos perigos, comprazia-se em aceitar a primeira hipótese: era a que respeitava a minha consideração de mulher casada e a minha vaidade de mulher formosa.

Quis adivinhar lendo a carta de novo: li-a, não uma, mas duas, três, cinco vezes.

Uma curiosidade indiscreta prendia-me àquele papel. Fiz um esforço e resolvi aniquilá-lo, protestando que ao segundo caso nenhum escravo ou criado me ficaria em casa.

Atravessei a sala com o papel na mão, dirigi-me para o meu gabinete, onde acendi uma vela e queimei aquela carta que me queimava as mãos e a cabeça.

Quando a última faísca do papel enegreceu e voou, senti passos atrás de mim. Era meu marido.

Tive um movimento espontâneo: atirei-me em seus braços.

Ele abraçou-me com certo espanto.

E quando o meu abraço se prolongava senti que ele me repelia com brandura dizendo-me:

– Está bom, olha que me afogas!

Recuei.

Entristeceu-me ver aquele homem, que podia e devia salvar-me, não compreender, por instinto ao menos, que se eu o abraçava tão estreitamente era como se me agarrasse à ideia do dever.

Mas este sentimento que me apertava o coração passou um momento para dar lugar a um sentimento de medo. As cinzas da carta ainda estavam no chão, a vela conservava-se acesa em pleno dia; era bastante para que ele me interrogasse.

Nem por curiosidade o fez!

Deu dois passos no gabinete e saiu.

Senti uma lágrima rolar-me pela face. Não era a primeira lágrima de amargura. Seria a primeira advertência do pecado?

Capítulo III

Decorreu um mês.

Não houve durante esse tempo mudança alguma em casa. Nenhuma carta apareceu mais, e a minha vigilância, que era extrema, tornou-se de todo inútil.

Não me podia esquecer o incidente da carta. Se fosse só isto! As primeiras palavras voltavam-me incessantemente à memória; depois, as outras, as outras, todas. Eu tinha a carta de cor!

Lembras-te? Uma das minhas vaidades era ter a memória feliz. Até neste dote era castigada. Aquelas palavras atordoavam-me, faziam-me arder a cabeça. Por quê? Ah! Carlota! é que eu achava nelas um encanto indefinível, encanto doloroso, porque era acompanhado de um remorso, mas encanto de que eu me não podia libertar.

Não era o coração que se empenhava, era a imaginação. A imaginação perdia-me; a luta do dever e da imaginação é cruel e perigosa para os espíritos fracos. Eu era fraca. O mistério fascinava a minha fantasia.

Enfim os dias e as diversões puderam desviar o meu espírito daquele pensamento único. No fim de um mês, se eu não tinha esquecido inteiramente o misterioso e a carta dele, estava, todavia, bastante calma para rir de mim e dos meus temores.

Na noite de uma quinta-feira, achavam-se algumas pessoas em minha casa, e muitas das minhas amigas, menos tu. Meu marido não tinha voltado, e a ausência dele não era notada nem sentida, visto que, apesar de franco cavalheiro como era, não tinha o dom particular de um conviva para tais reuniões.

Tinha-se cantado, tocado, conversado; reinava em todos a mais franca e expansiva alegria; o tio da Amélia Azevedo fazia rir a todos com as suas excentricidades; a Amélia arrebatava bravos a todos com as notas da sua garganta celeste; estávamos em um intervalo, esperando a hora do chá.

Anunciou-se meu marido.

Não vinha só. Vinha ao lado dele um homem alto, magro, elegante. Não pude conhecê-lo. Meu marido adiantou-se, e no meio do silêncio geral veio apresentar-mo.

Ouvi de meu marido que o nosso conviva chamava-se Emílio***

Fixei nele um olhar e retive um grito.

Era *ele*!

O meu grito foi substituído por um gesto de surpresa. Ninguém percebeu. Ele pareceu perceber menos que ninguém. Tinha os olhos fixos em mim, e com um gesto gracioso dirigiu-me algumas palavras de lisonjeira cortesia.

Respondi como pude.

Seguiram-se as apresentações, e durante dez minutos houve um silêncio de acanhamento em todos.

Os olhos voltavam-se todos para o recém-chegado. Eu também voltei os meus e pude reparar naquela figura em que tudo estava disposto para atrair as atenções: cabeça formosa e altiva, olhar profundo e magnético, maneiras elegantes e delicadas, certo ar distinto e próprio que fazia contraste com o ar afetado e prosaicamente medido dos outros rapazes.

Este exame de minha parte foi rápido. Eu não podia, nem me convinha, encontrar o olhar de Emílio. Tornei a abaixar os olhos e esperei ansiosa que a conversação voltasse de novo ao seu curso.

Meu marido encarregou-se de dar o tom. Infelizmente era ainda o novo conviva o motivo da conversa geral.

Soubemos então que Emílio era um provinciano filho de pais opulentos, que recebera uma esmerada educação na Europa, onde não houve um só recanto que não visitasse.

Voltara há pouco tempo ao Brasil, e antes de ir para a província tinha determinado passar algum tempo no Rio de Janeiro.

Foi tudo quanto soubemos. Vieram as mil perguntas sobre as viagens de Emílio, e este, com a mais amável solicitude, satisfazia a curiosidade geral.

Só eu não era curiosa. É que não podia articular palavra. Pedia interiormente a explicação deste romance misterioso, começado em um corredor do teatro, continuado em uma carta anônima e na apresentação em minha casa por intermédio de meu próprio marido.

De quando em quando levantava os olhos para Emílio e achava-o calmo e frio, respondendo polidamente às interrogações dos outros e narrando ele, próprio, com uma graça modesta e natural, alguma das suas aventuras de viagem.

Ocorreu-me uma ideia. Seria realmente ele o misterioso do teatro e da carta? Pareceu-me ao princípio que sim, mas eu podia ter-me enganado; eu não tinha as feições do outro bem presentes à memória; parecia-me que as duas criaturas eram uma e a mesma; mas não podia explicar-se o engano por uma semelhança miraculosa?

De reflexão em reflexão, foi-me correndo o tempo, e eu assistia à conversa de todos como se não estivesse presente. Veio a hora do chá. Depois cantou-se e tocou-se ainda. Emílio ouvia tudo com atenção religiosa e mostrava-se tão apreciador do gosto como era conversador discreto e pertinente.

No fim da noite tinha cativado a todos. Meu marido, sobretudo, estava radiante. Via-se que ele se considerava feliz por ter feito a descoberta de mais um amigo para si e um companheiro para as nossas reuniões de família.

Emílio saiu prometendo voltar algumas vezes.

Quando eu me achei a sós com meu marido, perguntei-lhe:

– Donde conheces este homem?

– É uma pérola, não é? Foi-me apresentado no escritório há dias; simpatizei logo; parece ser dotado de boa alma, é vivo de espírito e discreto como o bom senso. Não há ninguém que não goste dele...

E, como eu o ouvisse séria e calada, meu marido interrompeu-se e perguntou-me:

– Fiz mal em trazê-lo aqui?

– Mal, por quê? – perguntei eu.

– Por coisa nenhuma. Que mal havia de ser? É um homem distinto...

Pus termo ao novo louvor do rapaz, chamando um escravo para dar algumas ordens.

E retirei-me ao meu quarto.

O sono dessa noite não foi o sono dos justos, podes crer. O que me irritava era a preocupação constante em que eu andava depois destes acontecimentos. Já eu não podia fugir inteiramente a essa preocupação: era involuntária, subjugava-me, arrastava-me. Era a curiosidade do coração, esse primeiro sinal das tempestades em que sucumbe a nossa vida e o nosso futuro.

Parece que aquele homem lia na minha alma e sabia apresentar-se no momento mais próprio a ocupar-me a imaginação como uma figura poética e imponente. Tu, que o conheceste depois, dize-me se, dadas as circunstâncias anteriores, não era para produzir esta impressão no espírito de uma mulher como eu!

Como eu, repito. Minhas circunstâncias eram especiais; se não o soubeste nunca, suspeitaste-o ao menos.

Se meu marido tivesse em mim uma mulher, e se eu tivesse nele um marido, minha salvação era certa. Mas não era assim. Entramos no nosso lar nupcial como dois viajantes estranhos em uma hospedaria, e aos quais a calamidade do tempo e a hora avançada da noite obrigam a aceitar pousada sob o teto do mesmo aposento.

Meu casamento foi resultado de um cálculo e de uma conveniência. Não inculpo meus pais. Eles cuidavam fazer-me feliz e morreram na convicção de que o era.

Eu podia, apesar de tudo, encontrar no marido que me davam um objeto de felicidade para todos os meus dias. Bastava para isso que meu marido visse em mim uma alma companheira da sua alma, um coração sócio do seu coração. Não se dava isto; meu marido entendia o casamento ao modo da maior parte da gente; via nele a obediência às palavras do Senhor no Gênesis.

Fora disso, fazia-me cercar de certa consideração e dormia tranquilo na convicção de que havia cumprido o dever.

O dever! esta era a minha tábua de salvação. Eu sabia que as paixões não eram soberanas e que a nossa vontade pode triunfar delas. A este respeito eu tinha em mim forças bastantes para repelir ideias más. Mas não era o presente que me abafava e atemorizava; era o futuro. Até então aquele romance influía no meu espírito pela circunstância do mistério em que vinha envolto; a realidade havia de abrir-me os olhos; consolava-me a esperança de que eu triunfaria de um amor culpado. Mas poderia, nesse futuro, cuja proximidade eu não calculava, resistir convenientemente à paixão e salvar intactas a minha consideração e a minha consciência? Esta era a questão.

Ora, no meio destas oscilações, eu não via a mão de meu marido estender-se para salvar-me. Pelo contrário, quando na ocasião de queimar a carta, atirava-me a ele, lembras-te que ele me repeliu com uma palavra de enfado.

Isto pensei, isto senti, na longa noite que se seguiu à apresentação de Emílio.

No dia seguinte estava fatigada de espírito; mas, ou fosse calma ou fosse prostração, senti que os pensamentos dolorosos que me haviam torturado durante a noite esvaeceram-se à luz da manhã, como verdadeiras aves da noite e da solidão.

Então abriu-se ao meu espírito um raio de luz. Era a repetição do mesmo pensamento que me voltava no meio das preocupações daqueles últimos dias.

Por que temer? dizia eu comigo. Sou uma triste medrosa; e fatigo-me em criar montanhas para cair extenuada no meio da planície. Eia! nenhum obstáculo se opõe ao meu caminho de mulher virtuosa e considerada. Este homem, se é o mesmo, não passa de um mau leitor de romances realistas. O mistério é que lhe dá algum valor; visto de mais perto há de ser vulgar ou hediondo.

Capítulo IV

Não te quero fatigar com a narração minuciosa e diária de todos os acontecimentos.

Emílio continuou a frequentar a nossa casa, mostrando sempre a mesma delicadeza e gravidade, e encantando a todos por suas maneiras distintas sem afetação, amáveis sem fingimento.

Não sei por que meu marido revelava-se cada vez mais amigo de Emílio. Este conseguira despertar nele um entusiasmo novo para mim e para todos. Que capricho era esse da natureza?

Muitas vezes interroguei meu marido acerca desta amizade tão súbita e tão estrepitosa; quis até inventar suspeitas no espírito dele; meu marido era inabalável.

– Que queres? – respondia-me ele. – Não sei por que simpatizo extraordinariamente com este rapaz. Sinto que é uma bela pessoa, e eu não posso dissimular o entusiasmo de que me possuo quando estou perto dele.

– Mas sem conhecê-lo... – objetava eu.

– Ora essa! Tenho as melhores informações; e demais, vê-se logo que é uma pessoa distinta...

– As maneiras enganam muitas vezes.

– Conhece-se...

Confesso, minha amiga, que eu podia impor a meu marido o afastamento de Emílio; mas, quando esta ideia me vinha à cabeça, não sei por que ria-me dos meus temores e declarava-me com forças de resistir a tudo o que pudesse sobrevir.

Demais, o procedimento de Emílio autorizava-me a desarmar. Ele era para mim de um respeito inalterável, tratava-me como a todas as outras, sem deixar entrever a menor intenção oculta, o menor pensamento reservado.

Sucedeu o que era natural. Diante de tal procedimento não me ficava bem proceder com rigor e responder com a indiferença à amabilidade.

As coisas marchavam de tal modo que eu cheguei a persuadir-me de que tudo o que sucedera antes não tinha relação alguma com aquele rapaz, e que não havia entre ambos mais do que um fenômeno da semelhança, o que aliás eu não podia afirmar, porque, como te disse já, não pudera reparar bem no homem do teatro.

Aconteceu que dentro de pouco tempo estávamos na maior intimidade, e eu era para ele o mesmo que todas as outras: admiradora e admirada.

Das reuniões passou Emílio às simples visitas de dia, nas horas em que meu marido estava presente, e mais tarde, mesmo quando ele se achava ausente.

Meu marido de ordinário era quem o trazia. Emílio vinha então no seu carrinho que ele próprio dirigia, com a maior graça e elegância. Demorava-se horas e horas em nossa casa, tocando piano ou conversando.

A primeira vez que o recebi só, confesso que estremeci; mas foi um susto pueril; Emílio procedeu sempre do modo mais indiferente em relação às minhas suspeitas. Nesse dia, se algumas me ficaram, desvaneceram-se todas.

Nisto passaram-se dois meses.

Um dia, era de tarde, eu estava só; esperava-te para irmos visitar teu pai enfermo. Parou um carro à porta. Mandei ver. Era Emílio.

Recebi-o como de costume.

Disse-lhe que íamos visitar um doente, e ele quis logo sair. Disse-lhe que ficasse até a tua chegada. Ficou como se outro motivo o detivesse além de um dever de cortesia.

Passou-se meia hora.

Nossa conversa foi sobre assuntos indiferentes.

Em um dos intervalos da conversa Emílio levantou-se e foi à janela. Eu levantei-me igualmente para ir ao piano buscar um leque. Voltando para o sofá reparei pelo espelho que Emílio me olhava com um olhar estranho. Era uma transfiguração. Parecia que naquele olhar estava concentrada toda a alma dele.

Estremeci.

Todavia fiz um esforço sobre mim e fui sentar-me, então mais séria que nunca.

Emílio encaminhou-se para mim.

Olhei para ele.

Era o mesmo olhar.

Baixei os meus olhos.

– Assustou-se? – perguntou-me ele.

Não respondi nada. Mas comecei a tremer de novo e parecia-me que o coração me queria pular fora do peito.

É que naquelas palavras havia a mesma expressão do olhar; as palavras faziam-me o efeito das palavras da carta.

– Assustou-se? – repetiu ele.

– De quê? – perguntei eu procurando rir para não dar maior gravidade à situação.

– Pareceu-me.

Houve um silêncio.

– D. Eugênia – disse ele sentando-se –; não quero por mais tempo ocultar o segredo que faz o tormento da minha vida. Fora um sacrifício inútil. Feliz ou infeliz, prefiro a certeza da minha situação. D. Eugênia, eu amo-a.

Não te posso descrever como fiquei, ouvindo estas palavras. Senti que empalidecia; minhas mãos estavam geladas. Quis falar: não pude.

Emílio continuou:

– Oh! eu bem sei a que me exponho. Vejo como este amor é culpado. Mas que quer? É fatalidade. Andei tantas léguas, passei à ilharga de tantas belezas, sem que o meu coração pulsasse. Estava-me reservada a ventura rara ou o tremendo infortúnio de ser amado ou rezado pela senhora. Curvo-me ao destino. Qualquer que seja a resposta que eu possa obter, não recuso, aceito. Que me responde?

Enquanto ele falava, eu podia, ouvindo-lhe as palavras, reunir umas ideias. Quando ele acabou levantei os olhos e disse:

– Que resposta espera de mim?

– Qualquer.

– Só pode esperar uma...

– Não me ama?

– Não! Nem posso e nem amo, nem amaria se pudesse ou quisesse... Peço que se retire.

E levantei-me.

Emílio levantou-se.

– Retiro-me – disse ele –; e parto com o inferno no coração.

Levantei os ombros em sinal de indiferença.

– Oh! eu bem sei que isso lhe é indiferente. É isso o que eu mais sinto. Eu preferia o ódio; o ódio, sim; mas a indiferença, acredite, é o pior castigo. Mas eu o recebo resignado. Tamanho crime deve ter tamanha pena.

E tomando o chapéu chegou-se a mim de novo.

Eu recuei dois passos.

– Oh! não tenha medo. Causo-lhe medo?

– Medo? – retorqui eu com altivez..

– Asco? – perguntou ele.

– Talvez... – murmurei.

– Uma única resposta – tornou Emílio –; conserva aquela carta?

– Ah! – disse eu. – Era o autor da carta?

– Era. E aquele misterioso do corredor do Teatro Lírico. Era eu. A carta?

– Queimei-a.

– Preveniu o meu pensamento.

E cumprimentando-me friamente dirigiu-se para a porta. Quase a chegar à porta senti que ele vacilava e levava a mão ao peito.

Tive um momento de piedade. Mas era necessário que ele se fosse, quer sofresse quer não. Todavia, dei um passo para ele e perguntei-lhe de longe:

– Quer dar-me uma resposta?

Ele parou e voltou-se.

– Pois não!

– Como é que para praticar o que praticou fingiu-se amigo de meu marido?

– Foi um ato indigno, eu sei; mas o meu amor é daqueles que não recuam ante a indignidade. É o único que eu compreendo. Mas, perdão; não quero enfadá-la mais. Adeus! Para sempre!

E saiu.

Pareceu-me ouvir um soluço.

Fui sentar-me ao sofá. Daí a pouco ouvi o rodar do carro.

O tempo que mediou entre a partida dele e a tua chegada não sei como se passou. No lugar em que fiquei aí me achaste.

Até então eu não tinha visto amor senão nos livros. Aquele homem parecia-me realizar o amor que eu sonhara e vira descrito. A ideia de que o coração de Emílio sangrava naquele momento despertou em mim um sentimento vivo de piedade. A piedade foi um primeiro passo.

"Quem sabe, dizia eu comigo mesma, o que ele está agora sofrendo? E que culpa é a dele, afinal de contas?

Ama-me, disse-mo; o amor foi mais forte do que a razão; não viu que eu era sagrada para ele; revelou-se. Ama, é a sua desculpa."

Depois repassava na memória todas as palavras dele e procurava acordar-me do tom em que ele as proferira. Lembrava-me também do que eu dissera e o tom com que respondera às suas confissões.

Fui talvez severa demais. Podia manter a minha dignidade sem abrir-lhe uma chaga no coração. Se eu falasse com mais brandura podia adquirir dele o respeito e a veneração. Agora há de amar-me ainda, mas não se recordará do que se passou sem um sentimento de amargura.

Estava nestas reflexões quando entraste.

Lembras-te que me achaste triste e perguntaste a causa disso. Nada te respondi. Fomos à casa da tua tia, sem que eu nada mudasse do ar que tinha antes.

À noite quando meu marido me perguntou por Emílio, respondi sem saber o que respondia:

– Não veio cá hoje.

– Deveras? – disse ele. – Então está doente.

– Não sei.

– Lá vou amanhã.

– Lá onde?

– À casa dele.

– Para quê?

– Talvez esteja doente.

– Não creio; esperemos até ver...

Passei uma noite angustiosa. A ideia de Emílio perturbava-me o sono. Afigurava-se-me que ele estaria àquela hora chorando lágrimas de sangue no desespero do amor não aceito.

Era piedade? Era amor?

Carlota, era uma e outra coisa. Que podia ser mais? Eu tinha posto o pé em uma senda fatal; uma força me atraía. Eu fraca, podendo ser forte. Não me inculpo senão a mim.

Até domingo.

Capítulo V

Na tarde seguinte, quando meu marido voltou perguntei por Emílio.

– Não o procurei – respondeu-me ele –; tomei o conselho; se não vier hoje, sim.

Passou-se, pois, um dia sem ter notícias dele.

No dia seguinte, não tendo aparecido, meu marido foi lá.

Serei franca contigo, eu mesma lembrei isso a meu marido.

Esperei ansiosa a resposta.

Meu marido voltou pela tarde. Tinha um certo ar triste. Perguntei o que havia.

– Não sei. Fui encontrar o rapaz de cama. Disse-me que era uma ligeira constipação; mas eu creio que não é isso só...

– Que será então? – perguntei eu, fitando um olhar em meu marido.

– Alguma coisa mais. O rapaz falou-me em embarcar para o Norte. Está triste, distraído, preocupado. Ao mesmo tempo que manifesta a esperança de ver os pais, revela receios de não tornar a vê-los. Tem ideias de morrer na viagem. Não sei que lhe aconteceu, mas foi alguma coisa. Talvez...

– Talvez?

– Talvez alguma perda de dinheiro.

Esta resposta transtornou o meu espírito. Posso afirmar-te que esta resposta entrou por muito nos acontecimentos posteriores.

Depois de algum silêncio perguntei:

– Mas que pretendes fazer?

– Abrir-me com ele. Perguntar o que é, e acudir-lhe se for possível. Em qualquer caso não o deixarei partir. Que achas?

– Acho que sim.

Tudo o que ia acontecendo contribuía poderosamente para tornar a ideia de Emílio cada vez mais presente à minha memória, e, é com dor que o confesso, não pensava já nele sem pulsações do coração.

Na noite do dia seguinte estávamos reunidas algumas pessoas. Eu não dava grande vida à reunião. Estava triste e desconsolada. Estava com raiva de mim própria. Fazia-me algoz de Emílio e doía-me a ideia de que ele padecesse ainda mais por mim.

Mas, seriam nove horas, quando meu marido apareceu trazendo Emílio pelo braço.

Houve um movimento geral de surpresa.

Realmente porque Emílio não aparecia alguns dias já todos começavam a perguntar por ele; depois, porque o pobre moço vinha pálido de cera.

Não te direi o que se passou nessa noite. Emílio parecia sofrer, não estava alegre como dantes; ao contrário, era naquela noite de uma taciturnidade, de uma tristeza que incomodava a todos, mas que me mortificava atrozmente, a mim que me fazia causa das suas dores.

Pude falar-lhe em uma ocasião, a alguma distância das outras pessoas.

– Desculpe-me – disse-lhe eu – se alguma palavra dura lhe disse. Compreende a minha posição. Ouvindo bruscamente o que me disse não pude pensar no que dizia. Sei que sofreu; peço-lhe que não sofra mais, que esqueça...

– Obrigado – murmurou ele.

– Meu marido falou-me de projetos seus...

– De voltar à minha província, é verdade.

– Mas doente...

– Esta doença há de passar.

E dizendo isto lançou-me um olhar tão sinistro que eu tive medo.

– Passar? passar como?

– De algum modo.

– Não diga isso...

– Que me resta mais na Terra?

E voltou os olhos para enxugar uma lágrima.

– Que é isso? – disse eu. – Está chorando?

– As últimas lágrimas.

– Oh! se soubesse como me faz sofrer! Não chore; eu lho peço. Peço-lhe mais. Peço-lhe que viva.

– Oh!

– Ordeno-lhe.

– Ordena-me? E se eu não obedecer? Se eu não puder?... Acredita que se possa viver com um espinho no coração?

Isto que te escrevo é feio. A maneira por que ele falava é que era apaixonada, dolorosa, comovente. Eu ouvia sem saber de mim. Aproximavam-se algumas pessoas. Quis pôr termo à conversa e disse-lhe:

– Ama-me? – disse eu. – Só o amor pode ordenar? Pois é o amor que lhe ordena que viva!

Emílio fez um gesto de alegria. Levantei-me para ir falar às pessoas que se aproximavam.

– Obrigado – murmurou-me ele aos ouvidos. Quando, no fim do serão, Emílio se despediu de mim, dizendo-me, com um olhar em que a gratidão e o amor irradiavam juntos: – Até amanhã! – não sei que sentimento de confusão e de amor, de remorso e de ternura se apoderou de mim.

– Bem; Emílio está mais alegre – dizia-me meu marido.

Eu olhei para ele sem saber o que responder.

Depois retirei-me precipitadamente. Parecia-me que via nele a imagem da minha consciência.

No dia seguinte recebi de Emílio esta carta:

Eugênia. Obrigado. Torno-me à vida, e à senhora o devo. Obrigado! fez de um cadáver um homem, faça agora de um homem um deus. Ânimo! ânimo!

Li esta carta, reli, e... dir-to-ei, Carlota? beijei-a. Beijei-a repetidas vezes com alma, com paixão, com delírio. Eu amava! eu amava!

Então houve em mim a mesma luta, mas estava mudada a situação dos meus sentimentos. Antes era o coração que fugia à razão, agora a razão fugia ao coração.

Era um crime, eu bem o via, bem o sentia; mas não sei qual era a minha fatalidade, qual era a minha natureza; eu achava nas delícias do crime desculpa ao meu erro, e procurava com isso legitimar a minha paixão.

Quando o meu marido se achava perto de mim eu me sentia melhor e mais corajosa...

Paro aqui desta vez. Sinto uma opressão no peito. É a recordação de todos estes acontecimentos.

Até domingo.

Capítulo VI

Seguiram-se alguns dias às cenas que eu te contei na minha carta passada.

Ativou-se entre mim e Emílio uma correspondência. No fim de quinze dias eu só vivia do pensamento dele.

Ninguém dos que frequentavam a nossa casa, nem mesmo tu, pôde descobrir este amor. Éramos dois namorados discretos ao último ponto.

É certo que muitas vezes me perguntavam por que é que eu me distraía tanto e andava tão melancólica; isto chamava-me à vida real e eu mudava logo de parecer.

Meu marido sobretudo parecia sofrer com as minhas tristezas. A sua solicitude, confesso, incomodava-me. Muitas vezes lhe respondia mal, não já porque eu o odiasse, mas porque de todos era ele o único a quem eu não quisera ouvir destas interrogações.

Um dia voltando para casa à tarde chegou-se ele a mim e disse:

– Eugênia, tenho uma notícia a dar-te.

– Qual?

– E que te há de agradar muito.

– Vejamos qual é.

– É um passeio.

– Aonde?

– A ideia foi minha. Já fui ao Emílio e ele aplaudiu muito. O passeio deve ser domingo à Gávea; iremos daqui muito cedinho. Tudo isto, é preciso notar, não está decidido. Depende de ti. O que dizes?

– Aprovo a ideia.

– Muito bem. A Carlota pode ir.

– E deve ir – acrescentei eu –; e algumas outras amigas.

Pouco depois recebias tu e outras um bilhete de convite para o passeio.

Lembras-te que lá fomos. O que não sabes é que nesse passeio, a favor da confusão e a distração geral, houve entre mim e Emílio um diálogo que foi para mim a primeira amargura de amor.

– Eugênia – dizia ele dando-me o braço –, estás certa de que me amas?

– Estou.

– Pois bem. O que te peço, nem sou eu que te peço, é o meu coração, o teu coração que te pedem, um movimento nobre capaz de nos engrandecer aos nossos próprios olhos. Não haverá um recanto no mundo em que possamos viver, longe de todos e perto do céu?

– Fugir?

– Sim!

– Oh! isso nunca!

– Não me amas.

– Amo, sim; é já um crime, não quero ir além.

– Recusas a felicidade?

– Recuso a desonra.

– Não me amas.

– Oh! meu Deus, como respondê-lo? Amo, sim; mas desejo ficar a seus olhos a mesma mulher, amorosa é verdade, mas até certo ponto... pura.

– O amor que calcula não é amor.

Não respondi. Emílio disse estas palavras com uma expressão tal de desdém e com uma intenção de ferir-me que eu senti o coração bater-me apressado, e subir-me o sangue ao rosto.

O passeio acabou mal.

Esta cena tornou Emílio frio para mim; eu sofria com isso; procurei torná-lo ao estado anterior; mas não consegui.

Um dia em que nos achávamos a sós, disse-lhe:

– Emílio, se eu amanhã te acompanhasse, o que farias?

– Cumpria essa ordem divina.

– Mas depois?

– Depois? – perguntou Emílio com ar de quem estranhava a pergunta.

– Sim, depois? – continuei eu. – Depois quando o tempo volvesse não me havias de olhar com desprezo?

– Desprezo? Não vejo...

– Como não? Que te mereceria eu depois?

– Oh! esse sacrifício seria feito por minha causa, eu fora covarde se te lançasse isso em rosto.

– Di-lo-ias no teu íntimo.

– Juro que não.

– Pois a meus olhos é assim; eu nunca me perdoaria esse erro.

Emílio pôs o rosto nas mãos e pareceu chorar. Eu que até ali falava com esforço, fui a ele e tirei-lhe o rosto das mãos.

– Que é isto? – disse eu. – Não vês que me fazes chorar também? Ele olhou para mim com os olhos rasos de lágrimas. Eu tinha os meus úmidos.

– Adeus, disse ele repentinamente. – Vou partir.

E deu um passo para a porta.

– Se me prometes viver – disse-lhe –, parte; se tens alguma ideia sinistra, fica.

Não sei o que viu ele no meu olhar, mas tomando a mão que eu lhe estendia beijou-a repetidas vezes (eram os primeiros beijos) e disse-me com fogo:

– Fico, Eugênia!

Ouvimos um ruído fora. Mandei ver. Era meu marido que chegava enfermo. Tinha tido um ataque no escritório. Tornara a si, mas achava-se mal. Alguns amigos o trouxeram dentro de um carro.

Corri para a porta. Meu marido vinha pálido e desfeito. Mal podia andar ajudado pelos amigos.

Fiquei desesperada, não cuidei de mais coisa alguma. O médico que acompanhara meu marido mandou logo fazer algumas aplicações de remédios. Eu estava impaciente; perguntava a todos se meu marido estava salvo.

Todos me tranquilizavam.

Emílio mostrou-se pesaroso com o acontecimento. Foi a meu marido e apertou-lhe a mão.

Quando Emílio quis sair, meu marido disse-lhe:

– Olhe, sei que não pode estar aqui sempre; peço-lhe, porém, que venha, se puder, todos os dias.

– Pois não – disse Emílio.

E saiu.

Meu marido passou mal o resto daquele dia e a noite. Eu não dormi. Passei a noite no quarto.

No dia seguinte estava exausta. Tantas comoções diversas e uma vigília tão longa deixaram-me prostrada: cedia à força maior. Mandei chamar a prima Elvira e fui deitar-me.

Fecho esta carta neste ponto. Pouco falta para chegar ao termo da minha triste narração.

Até domingo.

Capítulo VII

A moléstia de meu marido durou poucos dias. De dia para dia agravava-se. No fim de oito dias os médicos desenganaram o doente.

Quando eu recebi esta fatal nova fiquei como louca. Era meu marido, Carlota, e apesar de tudo eu não podia esquecer que ele tinha sido o companheiro da minha vida e a ideia salvadora nos desvios do meu espírito.

Emílio achou-me num estado de desespero. Procurou consolar-me. Eu não lhe ocultei que esta morte era um golpe profundo para mim.

Uma noite estávamos juntos todos, eu, a prima Elvira, uma parenta de meu marido e Emílio. Fazíamos companhia ao doente. Este, depois de um longo silêncio, voltou-se para mim e disse-me:

– A tua mão.

E apertando-me a mão com uma energia suprema voltou-se para a parede.

Expirou.

....

Passaram-se quatro meses depois dos fatos que te contei. Emílio acompanhou-me na dor e foi dos mais assíduos em todas as cerimônias fúnebres que se fizeram ao meu finado marido.

Todavia, as visitas começaram a escassear. Era, parecia-me, por motivo de uma delicadeza natural.

No fim do prazo de que te falei, soube, por boca de um dos amigos de meu marido, que Emílio ia partir. Não pude crer. Escrevi-lhe uma carta.

Eu amava-o então, como dantes, mais ainda, agora que estava livre.

Dizia a carta:

Emílio.

Constou-me que ias partir. Será possível? Eu mesma não posso acreditar nos meus ouvidos! Bem sabes se eu te amo. Não é tempo de coroar os nossos votos; mas não faltará muito para que o mundo nos revele uma união que o amor nos impõe. Vem tu mesmo responder-me por boca.

Tua Eugênia.

Emílio veio em pessoa. Asseverou-me que, se ia partir, era por negócio de pouco tempo, mas que voltaria logo. A viagem devia ter lugar daí a oito dias.

Pedi-lhe que jurasse o que dizia, e ele jurou.

Deixei-o partir.

Daí a quatro dias recebia eu a seguinte carta dele:

Menti, Eugênia; vou partir já. Menti ainda, eu não volto. Não volto porque não posso. Uma união contigo seria para mim o ideal da felicidade se eu não fosse homem de hábitos opostos ao casamento. Adeus. Desculpa-me, e reza para que eu faça uma boa viagem. Adeus.

Emílio.

Avalias facilmente como fiquei depois de ler esta carta. Era um castelo que se desmoronava. Em troca do meu amor, do meu primeiro amor, recebia deste modo a ingratidão e o desprezo. Era justo: aquele amor culpado não podia ter bom fim; eu fui castigada pelas consequências mesmo do meu crime.

Mas, perguntava eu, como é que este homem, que parecia amar-me tanto, recusou aquela de cuja honestidade podia estar certo, visto que pôde opor uma resistência aos desejos de seu coração? Isto me pareceu um mistério. Hoje vejo que não era; Emílio era um sedutor vulgar e só se diferençava dos outros em ter um pouco mais de habilidade que eles.

Tal é a minha história. Imagina o que sofri nestes dois anos. Mas o tempo é um grande médico: estou curada.

O amor ofendido e o remorso de haver de algum modo traído a confiança de meu esposo fizeram-me doer muito. Mas eu creio que caro paguei o meu crime e acho-me reabilitada perante a minha consciência.

Achar-me-ei perante Deus?

E tu? É o que me hás de explicar amanhã; vinte e quatro horas depois de partir esta carta eu serei contigo.

Adeus!

Linha reta e linha curva

Capítulo primeiro

Era em Petrópolis, no ano de 186... Já se vê que a minha história não data de longe. É tomada dos anais contemporâneos e dos costumes atuais. Talvez algum dos leitores conheça até as personagens que vão figurar neste pequeno quadro. Não será raro que, encontrando uma delas amanhã, Azevedo, por exemplo, um dos meus leitores, exclame:

– Ah! cá vi uma história em que se falou de ti. Não te tratou mal o autor. Mas a semelhança era tamanha, houve tão pouco cuidado em disfarçar a fisionomia, que eu, à proporção que voltava a página, dizia comigo: É o Azevedo, não há dúvida.

Feliz Azevedo! À hora em que começa essa narrativa é ele um marido feliz, inteiramente feliz. Casado de fresco, possuindo por mulher a mais formosa dama da sociedade, e a melhor alma que ainda se encarnou ao sol da América, dono de algumas propriedades bem situadas e perfeitamente rendosas, acatado, querido, descansado, tal é o nosso Azevedo, a quem por cúmulo de ventura coroam os mais belos vinte e seis anos.

Deu-lhe a fortuna um emprego suave: não fazer nada. Possui um diploma de bacharel em direito; mas esse diploma nunca lhe serviu; existe guardado no fundo da lata clássica em que o trouxe da Faculdade de São Paulo. De quando em quando Azevedo faz uma visita ao diploma, aliás ganho legitimamente, mas é para não se ver mais senão daí a longo tempo. Não é um diploma, é uma relíquia.

Quando Azevedo saiu da Faculdade de São Paulo e voltou para a fazenda da província de Minas Gerais, tinha um projeto: ir à Europa. No fim de alguns meses o pai consentiu na viagem, e Azevedo preparou-se para realizá-la. Chegou à corte no propósito firme de tomar lugar no primeiro paquete que saísse; mas nem tudo depende da vontade do homem. Azevedo foi a um baile antes de partir; aí estava armada uma rede em que ele devia ser colhido. Que rede! Vinte anos, uma figura delicada, esbelta, franzina, uma dessas figuras vaporosas que parecem desfazer-se ao primeiro raio do sol. Azevedo não foi senhor de si: apaixonou-se; daí a um mês casou-se, e daí a oito dias partiu para Petrópolis.

Que casa encerraria aquele casal tão belo, tão amante e tão feliz? Não podia ser mais própria a casa escolhida; era um edifício leve, delgado, elegante, mais de recreio que de morada; um verdadeiro ninho para aquelas duas pombas fugitivas.

A nossa história começa exatamente três meses depois da ida para Petrópolis. Azevedo e a mulher amavam-se ainda como no primeiro dia. O amor tomava então uma força maior e nova; é que... devo dizê-lo, ó casais de três meses? é que apontava no horizonte o primeiro filho. Também a terra e o céu se alegram quando aponta no horizonte o primeiro raio do sol. A figura não vem aqui por simples ornato de estilo; é uma dedução lógica: a mulher de Azevedo chamava-se Adelaide.

Era, pois, em Petrópolis, numa tarde de dezembro do ano de 186... Azevedo e Adelaide estavam no jardim que ficava em frente da casa onde ocultavam a sua felicidade. Azevedo lia alto; Adelaide ouvia-o ler, mas como se ouve um eco do coração, tanto a voz do marido e as palavras da obra correspondiam ao sentimento interior da moça.

No fim de algum tempo Azevedo deteve-se e perguntou:

– Queres que paremos aqui?

– Como quiseres – disse Adelaide.

– É melhor – disse Azevedo fechando o livro. – As coisas boas não se gozam de uma assentada. Guardemos um pouco para a noite. Demais, era já tempo que eu passasse do idílio escrito para o idílio vivo. Deixa-me olhar para ti.

Adelaide olhou para ele e disse:

– Parece que começamos a lua de mel.

– Parece e é – acrescentou Azevedo –; e se o casamento não fosse eternamente isto, o que poderia ser? A ligação de duas existências para meditar discretamente na melhor maneira de comer o maxixe e o repolho? Ora, pelo amor de Deus! Eu penso que o casamento deve ser um namoro eterno. Não pensas como eu?

– Sinto – disse Adelaide.

– Sentes, é quanto basta.

– Mas que as mulheres sintam é natural; os homens...

– Os homens, são homens.

– O que nas mulheres é sentimento, nos homens é pieguice; desde pequena me dizem isto.

– Enganam-te desde pequena – disse Azevedo rindo.

– Antes isso!

– É a verdade. E desconfia sempre dos que mais falam, sejam homens ou mulheres. Tens perto um exemplo. A Emília fala muito da sua isenção. Quantas vezes se casou? Até aqui duas, e está nos vinte e cinco anos. Era melhor calar-se mais e casar-se menos.

– Mas nela é brincadeira – disse Adelaide.

– Pois não. O que não é brincadeira é que os três meses do nosso casamento parecem-me três minutos...

– Três meses! – exclamou Adelaide.

– Como foge o tempo! – disse Azevedo.

– Dirás sempre o mesmo? – perguntou Adelaide com um gesto de incredulidade.

Azevedo abraçou-a e perguntou:

– Duvidas?

– Receio. É tão bom ser feliz!

– Sê-lo-ás sempre e do mesmo modo. De outro não entendo eu. – Neste momento ouviram os dois uma voz que partia da porta do jardim.

– O que é que não entendes? – dizia essa voz.

Olharam.

À porta do jardim estava um homem alto bem parecido, trajando com elegância, luvas cor de palha, chicotinho na mão.

Azevedo pareceu ao princípio não conhecê-lo. Adelaide olhava para um e para outro sem compreender nada. Tudo isto, porém, não passou de um minuto; no fim dele Azevedo exclamou:

– É o Tito! Entra, Tito!

Tito entrou galhardamente no jardim; abraçou Azevedo e fez um cumprimento gracioso a Adelaide.

– É minha mulher – disse Azevedo apresentando Adelaide ao recém-chegado.

– Já o suspeitava – respondeu Tito –; e aproveito a ocasião para dar-te os meus parabéns.

– Recebeste a nossa carta de participação?

– Em Valparaíso.

– Anda sentar-te e conta-me a tua viagem.

– Isso é longo – disse Tito sentando-se. – O que te posso contar é que desembarquei ontem no Rio. Tratei de indagar a tua morada. Disseram-me que estavas temporariamente em Petrópolis. Descansei, mas logo hoje tomei a barca da Prainha e aqui estou. Eu já suspeitava que com o teu espírito de poeta irias esconder tua felicidade em algum recanto do mundo. Com efeito, isto é verdadeiramente uma nesga do paraíso. Jardim, caramanchões, uma casa leve e elegante, um livro. Bravo! *Marília de Dirceu*... É completo! *Tityre*, *tu patulae*. Caio no meio de um idílio. Pastorinha, onde está o cajado?

Adelaide ri às gargalhadas.

Tito continua:

– Ri mesmo como uma pastorinha alegre. E tu, Teócrito, que fazes? Deixas correr os dias como as águas do Paraíba? Feliz criatura!

– Sempre o mesmo! – disse Azevedo.

– O mesmo doido? Acha que ele tem razão, minha senhora?

– Acho, se o não ofendo...

– Qual ofender! Se eu até me honro com isso; sou um doido inofensivo, isso é verdade. Mas é que realmente são felizes como poucos. Há quantos meses se casaram?

– Três meses fazem domingo – respondeu Adelaide.

– Disse há pouco que me pareciam três minutos – acrescentou Azevedo.

Tito olhou para ambos e disse sorrindo:

– Três meses, três minutos! Eis toda a verdade da vida. Se os pusessem sobre uma grelha, como São Lourenço, cinco minutos eram cinco meses. E ainda se fala em tempo! Há lá tempo! O tempo está nas nossas impressões. Há meses para os infelizes e minutos para os venturosos!

– Mas que ventura! – exclama Azevedo.

– Completa, não? Imagino! Marido de um serafim, nas graças e no coração, não reparei que estava aqui... mas não precisa corar!... Disto me há de ouvir vinte vezes por dia; o que penso, digo. Como não te hão de invejar os nossos amigos!

– Isso não sei.

– Pudera! Encafuado neste desvão do mundo, de nada podes saber. E fazes bem. Isto de ser feliz à vista de todos é repartir a felicidade. Ora, para respeitar o princípio devo ir-me já embora...

Dizendo isto, Tito levantou-se.

– Deixa-te disso: fica conosco.

– Os verdadeiros amigos também são a felicidade – disse Adelaide.

– Ah!

– É até bom que aprendas em nossa escola a ciência do casamento – acrescentou Azevedo.

– Para quê? – perguntou Tito meneando o chicotinho.

– Para te casares.

– Hum!... – fez Tito.

– Não pretende? – perguntou Adelaide.

– Estás ainda o mesmo que em outro tempo?

– O mesmíssimo – respondeu Tito.

Adelaide fez um gesto de curiosidade e perguntou:

– Tem horror ao casamento?

– Não tenho vocação – respondeu Tito. – É puramente um caso de vocação. Quem a não tiver não se meta nisso, que é perder o tempo e o sossego. Desde muito tempo estou convencido disto.

– Ainda te não bateu a hora.

– Nem bate – disse Tito.

– Mas, se bem me lembro – disse Azevedo oferecendo-lhe um charuto –, houve um dia em que fugiste às teorias do costume: andavas então apaixonado...

– Apaixonado é engano. Houve um dia em que a Providência trouxe uma confirmação aos meus instintos solitários. Meti-me a pretender uma senhora...

– É verdade: foi um caso engraçado.

– Como foi o caso? – perguntou Adelaide.

– O Tito viu em um baile uma rapariga. No dia seguinte apresenta-se em casa dela, e, sem mais nem menos, pede-lhe a mão. Ela responde... que te respondeu?

– Respondeu por escrito que eu era um tolo e me deixasse daquilo. Não disse positivamente tolo, mas vinha a dar na mesma. É preciso confessar que semelhante resposta não era própria. Voltei atrás e nunca mais amei.

– Mas amou naquela ocasião? – perguntou Adelaide.

– Não sei se era amor – respondeu Tito –, era uma coisa... Mas note, isto foi há uns bons cinco anos. Daí para cá ninguém mais me fez bater o coração.

– Pior para ti.

– Eu sei! – disse Tito levantando os ombros. – Se não tenho os gozos íntimos do amor, não tenho nem os dissabores, nem os desenganos. É já uma grande fortuna!

– No verdadeiro amor não há nada disso – disse sentenciosamente a mulher de Azevedo.

– Não há? Deixemos o assunto; eu podia fazer um discurso a propósito, mas prefiro...

– Ficar conosco – Azevedo atalhou-o. – Está sabido.

– Não tenho essa intenção.

– Mas tenho eu. Hás de ficar.

– Mas se eu já mandei o criado tomar alojamento no Hotel de Bragança...

– Pois manda contraordem. Fica comigo.

– Insisto em não perturbar a tua paz.

– Deixa-te disso.

– Fique! – disse Adelaide.

– Ficarei.

– E amanhã – continuou Adelaide –, depois de ter descansado, há de nos dizer qual é o segredo da isenção de que tanto se ufana.

– Não há segredo – disse Tito. – O que há é isto. Entre um amor que se oferece e... uma partida de voltarete, não hesito, atiro-me ao voltarete. A propósito, Ernesto, sabes que encontrei no Chile um famoso parceiro de voltarete? Fez a casca mais temerária que tenho visto... sabe o que é uma casca, minha senhora?

– Não – respondeu Adelaide.

– Pois eu lhe explico.

Azevedo olhou para fora e disse:

– Aí chega a D. Emília.

Com efeito à porta do jardim parava uma senhora dando o braço a um velho de cinquenta anos.

D. Emília era uma moça a que se pode chamar uma bela mulher; era alta na estatura e altiva de caráter. O amor que pudesse infundir seria por imposição. De suas maneiras e das suas graças inspirava um não sei que de rainha que dava vontade de levá-la a um trono.

Trajava com elegância e simplicidade. Ela tinha essa elegância natural que é outra elegância diversa da elegância dos enfeites, a propósito da qual já tive ocasião de escrever esta máxima: "Que há pessoas elegantes, e pessoas enfeitadas".

Olhos negros e rasgados, cheios de luz e de grandeza, cabelos castanhos e abundantes, nariz reto como o de Safo, boca vermelha e breve, faces de cetim, colo e braços como os das estátuas, tais eram os traços da beleza de Emília.

Quanto ao velho que lhe dava o braço, era, como disse, um homem de cinquenta anos. Era o que se chama em português chão e rude – um velho gaiteiro. Pintado, espartilhado, via-se nele uma como que ruína do passado reconstruída por mãos modernas, de modo a ter esse aspecto bastardo que não é nem a austeridade da velhice, nem a frescura da mocidade. Não havia dúvida de que o velho devia ter sido um belo rapaz em seus tempos; mas presentemente, se algumas conquistas tivesse feito, só podia contentar-se com a lembrança delas.

Quando Emília entrou no jardim todos se achavam de pé. A recém-chegada apertou a mão a Azevedo e foi beijar Adelaide. Ia sentar-se na cadeira que Azevedo lhe oferecera quando reparou em Tito que se achava a um lado.

Os dois cumprimentaram-se, mas com ar diferente. Tito parecia tranquilo e friamente polido; mas Emília, depois de cumprimentá-lo, conservou os olhos fitos nele, como que avocando uma memória do passado.

Feitas as apresentações necessárias, e a Diogo Franco (é o nome do velho braceiro), todos tomaram assentos.

A primeira que falou foi Emília:

– Ainda hoje, não vinha se não fosse a obsequiosidade do Sr. Diogo.

Adelaide olhou para o velho e disse:

– O Sr. Diogo é uma maravilha.

Diogo empertigou-se e murmurou com certo tom de modéstia:

– Nem tanto, nem tanto.

– É, é – disse Emília. – Não é talvez uma, porém duas maravilhas. Ah! sabes que me vai fazer um presente?

– Um presente! – exclamou Azevedo.

– É verdade – continuou Emília –, um presente que mandou vir da Europa e lá dos confins; recordações das suas viagens de adolescente...

Diogo estava radiante.

– É uma insignificância – disse ele olhando ternamente para Emília.

– Mas o que é? – perguntou Adelaide.

– É... adivinhem? É um urso branco!

– Um urso branco!

– Deveras?

– Está para chegar, mas só ontem é que me deu notícia dele. Que amável lembrança!

– Um urso! – exclamou ainda Azevedo.

Tito inclinou-se ao ouvido do amigo, e disse em voz baixa:

– Com ele fazem dois.

Diogo jubiloso pelo efeito que causava a notícia do presente, mas iludido no caráter desse efeito, disse:

– Não vale a pena. É um urso que eu mandei vir; é verdade que eu pedi dos mais belos. Não sabem o que é um urso branco. Imaginem que é todo branco.

– Ah! – disse Tito.

– É um animal admirável! – tornou Diogo.

– Acho que sim – disse Tito. – Ora imagina tu o que não será um urso branco que é todo branco. Que faz este sujeito? – perguntou ele em seguida a Azevedo.

– Namora a Emília; tem cinquenta contos.

– E ela?

– Não faz caso dele.

– Diz ela?

– E é verdade.

Enquanto os dois trocavam estas palavras, Diogo brincava com os sinetes do relógio e as duas senhoras conversavam. Depois das últimas palavras entre Azevedo e Tito, Emília voltou-se para o marido de Adelaide e perguntou:

– Dá-se isto, Sr. Azevedo? Então faz-se anos nesta casa e não me convidam?

– Mas a chuva? – disse Adelaide.

– Ingrata! Bem sabes que não há chuva em casos tais.

– Demais – acrescentou Azevedo –, fez-se a festa tão à capucha.

– Fosse como fosse, eu sou de casa.

– É que a lua de mel continua apesar de cinco meses – disse Tito.

– Aí vens tu com os teus epigramas – disse Azevedo.

– Ah! isso é mau, Sr. Tito!

– Tito? – perguntou Emília a Adelaide em voz baixa.

– Sim.

– D. Emília não sabe ainda quem é o nosso amigo Tito – disse Azevedo. – Eu até tenho medo de dizê-lo.

– Então é muito feio o que tem para dizer?

– Talvez – disse Tito com indiferença.

– Muito feio! – exclamou Adelaide.

– O que é então? – perguntou Emília.

– É um homem incapaz de amar – continuou Adelaide. – Não pode haver maior indiferença para o amor... Em resumo, prefere a um amor... o quê? um voltarete.

– Disse-te isso? – perguntou Emília.

– E repito – disse Tito. – Mas note bem, não por elas, é por mim. Acredito que todas as mulheres sejam credoras da minha adoração; mas eu é que sou feito de modo que nada mais lhes posso conceder do que uma estima desinteressada.

Emília olhou para o moço e disse:

– Se não é vaidade, é doença.

– Há de me perdoar, mas eu creio que não é doença, nem vaidade. É natureza: uns aborrecem as laranjas, outros aborrecem os amores; agora se o aborrecimento vem por causa das cascas, não sei; o que é certo é que é assim.

– É ferino! – disse Emília olhando para Adelaide.

– Ferino, eu? – disse Tito levantando-se. – Sou uma seda, uma dama, um milagre de brandura... Dói-me, deveras, que eu não possa estar na linha dos outros homens, e não seja, como todos, propenso a receber as impressões amorosas, mas que quer? a culpa não é minha.

– Anda lá – disse Azevedo –, o tempo te há de mudar.

– Mas quando? Tenho vinte e nove anos feitos.

– Já vinte e nove? – perguntou Emília.

– Completei-os pela Páscoa.

– Não parece.

– São os seus bons olhos.

A conversa continuou por este modo, até que se anunciou o jantar. Emília e Diogo tinham jantado, ficaram apenas para fazer companhia ao casal Azevedo e a Tito, que declarou desde o princípio estar caindo de fome.

A conversa durante o jantar versou sobre coisas indiferentes.

Quando se servia o café apareceu à porta um criado do hotel em que morava Diogo; trazia uma carta para este, com indicação no sobrescrito de que era urgente. Diogo recebeu a carta, leu-a e pareceu mudar de cor. Todavia continuou a tomar parte na conversa geral. Aquela circunstância, porém, deu lugar a que Adelaide perguntasse a Emília:

– Quando te deixará este eterno namorado?

– Eu sei cá! – respondeu Emília. – Mas, afinal de contas, não é mau homem. Tem aquela mania de me dizer no fim de todas as semanas que nutre por mim uma ardente paixão.

– Enfim, se não passa de declaração semanal...

– Não passa. Tem a vantagem de ser um braceiro infalível para a rua e um realejo menos mau dentro de casa. Já me contou umas cinquenta vezes as batalhas amorosas em que entrou. Todo o seu desejo é acompanhar-me a uma viagem à roda do globo. Quando me fala nisto, se é à noite, e é quase sempre à noite, mando vir o chá, excelente meio de aplacar-lhe os ardores amorosos. Gosta do chá que se péla. Gosta tanto como de mim! Mas aquela do urso branco? E se realmente mandou vir um urso?

– Aceita.

– Pois eu hei de sustentar um urso? Não me faltava mais nada!

Adelaide sorriu-se e disse:

– Quer me parecer que acabas por te apaixonar...

– Por quem? Pelo urso?

– Não, pelo Diogo.

Neste momento achavam-se as duas perto de uma janela. Tito conversava no sofá com Azevedo. Diogo refletia profundamente, estendido numa poltrona.

Emília tinha os olhos em Tito. Depois de um silêncio, disse ela para Adelaide:

– Que achas ao tal amigo do teu marido? Parece um presumido. Nunca se apaixonou! É crível?

– Talvez seja verdade.

– Não acredito. Parece criança! Diz aquilo dos dentes para fora...

– É verdade que não tenho maior conhecimento dele...

– Quanto a mim, pareceu-me não ser estranha aquela cara... mas não me lembro!

– Parece ser sincero... mas dizer aquilo é já atrevimento.

– Está claro.

– De que te ris?

– Lembra-me um do mesmo gênero que este – disse Emília. – Foi já há tempos. Andava sempre a gabar-se da sua isenção. Dizia que todas as mulheres eram para ele vasos da China: admirava-as e nada mais. Coitado! Caiu em menos de um mês. Adelaide, vi-o beijar-me a ponta dos sapatos... depois do que desprezei-o.

– Que fizeste?

– Ah! não sei o que fiz. Santa Astúcia foi quem operou o milagre. Vinguei o sexo e abati um orgulhoso.

– Bem feito.

– Não era menos do que este. Mas falemos de coisas sérias... Recebi as folhas francesas de modas...

– Que há de novo?

– Muita coisa. Amanhã tas mandarei. Repara em um novo corte de mangas. É lindíssimo. Já mandei encomendas para a corte. Em artigos de passeios há fartura e do melhor.

– Para mim quase que é inútil mandar.

– Por quê?

– Quase nunca saio de casa.

– Nem ao menos irás jantar comigo no dia de ano-bom!

– Oh! com toda a certeza!

– Pois vai... Ah! irá o homem? O Sr. Tito?

– Se estiver cá... e quiseres...

– Pois que vá, não faz mal... saberei contê-lo... Creio que não será sempre tão... incivil. Nem sei como podes ficar com esse sangue-frio! A mim faz-me mal aos nervos!

– É-me indiferente.

– Mas a injúria ao sexo... não te indigna?

– Pouco.

– És feliz.

– Que queres que eu faça a um homem que diz aquilo? Se não fosse casada era possível que me indignasse mais. Se fosse livre era provável que lhe fizesse o que fizeste ao outro. Mas eu não posso cuidar dessas coisas...

– Nem ouvindo a preferência do voltarete? Pôr-nos abaixo da dama de copas! E o ar com que ele diz aquilo! Que calma, que indiferença!

– É mau! é mau!

– Merecia castigo...

– Merecia. Queres tu castigá-lo?

Emília fez um gesto de desdém e disse:

– Não vale a pena.

– Mas tu castigaste o outro.

– Sim... mas não vale a pena.

– Dissimulada!

– Por que dizes isso?

– Porque já te vejo meio tentada a uma nova vingança...

– Eu? Ora qual!

– Que tem? Não é crime...

– Não é, decerto; mas... veremos.

– Ah! serás capaz?

– Capaz? – disse Emília com um gesto de orgulho ofendido.

– Beijar-te-á ele a ponta do sapato?

Emília ficou silenciosa por alguns momentos; depois apontando com o leque para a botina que lhe calçava o pé, disse:

– E hão de ser estes.

Emília e Adelaide se dirigiram para o lado em que se achavam os homens. Tito, que parecia conversar intimamente com Azevedo, interrompeu a conversa para dar atenção às senhoras. Diogo continuava mergulhado na sua meditação.

– Então o que é isso, Sr. Diogo? – perguntou Tito. – Está meditando?

– Ah! perdão, estava distraído!

– Coitado! – disse Tito baixo a Azevedo.

Depois, voltando-se para as senhoras:

– Não as incomoda o charuto?

– Não senhor – disse Emília.

– Então, posso continuar a fumar?

– Pode – disse Adelaide.

– É um mau vício, mas é o meu único vício. Quando fumo parece que aspiro a eternidade. Enlevo-me todo e mudo de ser. Divina invenção!

– Dizem que é excelente para os desgostos amorosos – disse Emília com intenção.

– Isso não sei. Mas não é só isto. Depois da invenção do fumo não há solidão possível. É a melhor companhia deste mundo. Demais, o charuto é um verdadeiro *Memento homo*: convertendo-se pouco a pouco em cinzas, vai lembrando ao homem o fim real e infalível de todas as coisas: é o aviso filosófico, é a sentença fúnebre que nos acompanha em toda a parte. Já é um grande progresso... Mas estou eu a aborrecer com uma dissertação tão pesada. Hão de desculpar... que foi descuido. Ora, a falar a verdade, eu já vou desconfiando; Vossa Excelência olha com olhos tão singulares...

Emília, a quem era dirigida a palavra, respondeu:

– Não sei se são singulares, mas são os meus.

– Penso que não são os do costume. Está talvez Vossa Excelência a dizer consigo que eu sou um esquisito, um singular, um...

– Um vaidoso, é verdade.

– Sétimo mandamento: não levantar falsos testemunhos.

– Falsos, diz o mandamento.

– Não me dirá em que sou eu vaidoso?

– Ah! a isso não respondo eu.

– Por que não quer?

– Porque... não sei. É uma coisa que se sente, mas que se não pode descobrir. Respira-lhe a vaidade em tudo: no olhar, na palavra, no gesto... mas não se atina com a verdadeira origem de tal doença.

– É pena. Eu tinha grande prazer em ouvir da sua boca o diagnóstico da minha doença. Em compensação pode ouvir da minha o diagnóstico da sua... A sua doença é... Digo?

– Pode dizer.

– É um despeitozinho.

– Deveras?

– Vamos ver isso – disse Azevedo rindo-se.

Tito continuou:

– Despeito pelo que eu disse há pouco.

– Puro engano! – disse Emília rindo-se.

– É com toda a certeza. Mas é tudo gratuito. Eu não tenho culpa de coisa alguma. A natureza é que me fez assim.

– Só a natureza?

– E um tanto de estudo. Ora vou expor-lhe as minhas razões. Veja se posso amar ou pretender: primeiro, não sou bonito...

– Oh!... – disse Emília.

– Agradeço o protesto, mas continuo na mesma opinião: não sou bonito, não sou...

– Oh!... – disse Adelaide.

– Segundo: não sou curioso, e o amor, se o reduzirmos às suas verdadeiras proporções, não passa de uma curiosidade; terceiro: não sou paciente, e nas conquistas amorosas a paciência é a principal virtude; quarto, finalmente: não sou idiota, porque, se com todos estes defeitos pretendesse amar, mostraria a maior falta de razão. Aqui está o que eu sou por natural e por indústria.

– Emília, parece que é sincero.

– Acreditas?

– Sincero como a verdade – disse Tito.

– Em último caso, seja ou não seja sincero, que tenho eu com isso?

– Eu creio que nada – disse Tito.

Capítulo II

No dia seguinte àquele em que se passaram as cenas descritas no capítulo anterior, entendeu o céu que devia regar com as suas lágrimas o solo da formosa Petrópolis.

Tito, que destinava esse dia a ver toda a cidade, foi obrigado a conservar-se em casa. Era um amigo que não incomodava, porque quando era demais sabia escapar-se discretamente, e quando o não era, tornava-se o mais delicioso dos companheiros.

Tito sabia juntar muita jovialidade a muita delicadeza; sabia fazer rir sem saltar fora das conveniências. Acrescia que, voltando de uma longa e pitoresca viagem, trazia as algibeiras da memória (deixem passar a frase) cheias de vivas reminiscências. Tinha feito uma viagem de poeta e não peralvilho. Soube ver e sabia contar. Estas duas qualidades, indispensáveis ao viajante, por desgraça são as mais raras. A maioria das pessoas que viajam nem sabem ver, nem sabem contar.

Tito tinha andado por todas as repúblicas do mar Pacífico, tinha vivido no México e em alguns Estados americanos. Tinha depois ido à Europa no paquete da linha de Nova Iorque. Viu Londres e Paris. Foi à Espanha, onde viveu a vida de Almaviva, dando serenatas às janelas das Rosinas de hoje. Trouxe de lá alguns leques e mantilhas. Passou à Itália e levantou o espírito à altura das recordações da arte clássica. Viu a sombra de Dante nas ruas de Florença; viu as almas dos doges pairando saudosas sobre as águas viúvas do mar Adriático; a terra de Rafael, de Virgílio e Miguel Ângelo foi para ele uma fonte viva de recordações do passado e de impressões para o futuro. Foi à Grécia, onde soube evocar o espírito das gerações extintas que deram ao gênio da arte e da poesia um fulgor que atravessou as sombras dos séculos.

Viajou ainda mais o nosso herói, e tudo viu com olhos de quem sabe ver e tudo contava com alma de quem sabe contar. Azevedo e Adelaide passavam horas esquecidas.

– Do amor – dizia ele – eu só sei que é uma palavra de quatro letras, um tanto eufônica, é verdade, mas núncia de lutas e desgraças. Os bons amores são cheios de felicidade, porque têm a virtude de não alçarem olhos para as estrelas do céu; contentam-se com ceias à meia-noite e alguns passeios a cavalo ou por mar.

Esta era a linguagem constante de Tito. Exprimia ela a verdade ou era uma linguagem de convenção? Todos acreditavam que a verdade estava na primeira hipótese, até porque essa era de acordo com o espírito jovial e folgazão de Tito.

No primeiro dia da residência de Tito em Petrópolis, a chuva, como disse acima, impediu que os diversos personagens desta história se encontrassem. Cada qual ficou na sua casa. Mas o dia imediato foi mais benigno; Tito aproveitou o bom tempo para ir ver a risonha cidade da serra. Azevedo e Adelaide quiseram acompanhá-lo; mandaram aparelhar três ginetes próprios para o ligeiro passeio.

Na volta foram visitar Emília. Durou poucos minutos a visita. A bela viúva recebeu-os com graça e cortesia de princesa. Era a primeira vez que Tito lá ia; e fosse por isso, ou por outra circunstância, foi ele quem mereceu as principais atenções da dona da casa.

Diogo, que então fazia a sua centésima declaração de amor a Emília, e a quem Emília acabava de oferecer uma chávena de chá, não viu com bons olhos a demasiada atenção que o viajante merecia da dama dos seus pensamentos. Essa, e talvez outras circunstâncias, faziam com que o velho Adônis assistisse à conversação com a cara fechada.

À despedida Emília ofereceu a casa a Tito, com a declaração de que teria a mesma satisfação em recebê-lo muitas vezes. Tito aceitou cavalheiramente o oferecimento; feito o que, saíram todos.

Cinco dias depois desta visita Emília foi à casa de Adelaide. Tito não estava presente; andava a passeio. Azevedo tinha saído para um negócio, mas voltou daí a alguns minutos. Quando, depois de uma hora de conversa, Emília já de pé preparava-se para voltar à casa, entrou Tito.

– Ia sair quando entrou – disse Emília. – Parece que nos contrariamos em tudo.

– Não é por minha vontade – respondeu Tito –; pelo contrário, meu desejo é não contrariar pessoa alguma, e portanto não contrariar Vossa Excelência.

– Não parece.

– Por quê?

Emília sorriu e disse com uma inflexão de censura:

– Sabe que me daria prazer se utilizasse do oferecimento de minha casa; ainda se não utilizou. Foi esquecimento?

– Foi.

– É muito amável...

– Sou muito franco. Eu sei que Vossa Excelência preferia uma delicada mentira; mas eu não conheço nada mais delicado que a verdade.

Emília sorriu.

Nesse momento entrou Diogo.

– Ia sair, D. Emília? – perguntou ele.

– Esperava o seu braço.

– Aqui o tem.

Emília despediu-se de Azevedo e de Adelaide. Quanto a Tito, no momento em que ele curvava-se respeitosamente, Emília disse-lhe com a maior placidez da alma:

– Há alguém tão delicado como a verdade: é o Sr. Diogo. Espero dizer o mesmo...

– De mim? – interrompeu Tito. – Amanhã mesmo.

Emília saiu pelo braço de Diogo.

No dia seguinte, com efeito, Tito foi à casa de Emília. Ela o esperava com certa impaciência. Como não soubesse a hora em que ele devia apresentar-se lá, a bela viúva esperou-o a todos os momentos, desde manhã. Só ao cair da tarde é que Tito dignou-se aparecer.

Emília morava com uma tia velha. Era uma boa senhora, amiga da sobrinha, e inteiramente escrava da sua vontade. Isto quer dizer que não havia em Emília o menor receio que a boa tia não assinasse de antemão.

Na sala em que Tito foi recebido não estava ninguém. Ele teve portanto tempo de sobra para examiná-la à vontade. Era uma sala pequena, mas mobiliada e adornada com gosto. Móveis leves, elegantes e ricos; quatro finíssimas estatuetas, copiadas de Pradier, um piano de Erard, tudo disposto e arranjado com vida.

Tito gastou o primeiro quarto de hora no exame da sala e dos objetos que a enchiam. Esse exame devia influir muito no estudo que ele quisesse fazer do espírito da moça. Dize-me como moras, dir-te-ei quem és.

Mas o primeiro quarto de hora correu sem que aparecesse viva alma, nem que se ouvisse rumor de natureza alguma. Tito começou a impacientar-se. Já sabemos que espírito brusco era ele, apesar da suprema delicadeza que todos lhe reconheciam. Parece, porém, que a sua rudeza, quase sempre exercida contra Emília, era antes estudada que natural. O que é certo é que no fim de meia hora, aborrecido pela demora, Tito murmurou consigo:

– Quer tomar desforra!

E tomando o chapéu que havia posto numa cadeira ia dirigindo-se para a porta quando ouviu um farfalhar de sedas. Voltou a cabeça; Emília entrava.

– Fugia?

– É verdade.

– Perdoe a demora.

– Não há que perdoar; não podia vir, era natural que fosse algum motivo sério. Quanto a mim não tenho igualmente de pedir perdão. Esperei, estava cansado, voltaria em outra ocasião. Tudo isto é natural.

Emília ofereceu uma cadeira a Tito e sentou-se num sofá.

– Realmente – disse ela acomodando o balão –, o Sr. Tito é homem original.

– É a minha glória. Não imagina como eu aborreço as cópias. Fazer o que muita gente faz, que mérito há nisso? Não nasci para esses trabalhos de imitação.

– Já uma coisa fez como muita gente.

– Qual foi?

– Prometeu-me ontem esta visita e veio cumprir a promessa.

– Ah! minha senhora, não lance isto à conta das minhas virtudes. Podia não vir; vim; não foi vontade, foi... acaso.

– Em todo caso, agradeço-lhe.

– É o meio de me fechar a sua porta.

– Por quê?

– Porque eu não me dou com esses agradecimentos; nem creio mesmo que eles possam acrescentar nada à minha admiração pela pessoa de Vossa Excelência. Fui visitar muitas vezes as estátuas dos museus da Europa, mas se elas se lembrassem de me agradecer um dia, dou-lhe a minha palavra que não voltava lá.

A estas palavras seguiu-se um silêncio de alguns segundos. Emília foi quem falou primeiro.

– Há muito tempo que se dá com o marido de Adelaide?

– Desde criança – respondeu Tito.

– Ah! foi criança?

– Ainda hoje sou.

– É exatamente o tempo das minhas relações com Adelaide. Nunca me arrependi.

– Nem eu.

– Houve um tempo – prosseguiu Emília – em que estivemos separadas; mas isso não trouxe mudança alguma às nossas relações. Foi no tempo do meu primeiro casamento.

– Ah! foi casada duas vezes?

– Em dois anos.

– E por que enviuvou da primeira?

– Porque meu marido morreu – disse Emília rindo-se.

– Mas eu pergunto outra coisa. Por que se fez viúva, mesmo depois da morte de seu primeiro marido? Creio que poderia continuar casada.

– De que modo? – perguntou Emília com espanto.

– Ficando mulher do finado. Se o amor acaba na sepultura acho que não vale a pena de procurá-lo neste mundo.

– Realmente, o Sr. Tito é um espírito fora do comum.

– Um tanto.

– É preciso que o seja para desconhecer que a nossa vida nada importa essas exigências da eterna fidelidade. E, demais, pode-se conservar a lembrança dos que morrem sem renunciar às condições da nossa existência. Agora é que eu lhe pergunto por que me olha com olhos tão singulares?...

– Não sei se são singulares, mas são os meus.

– Então, acha que eu cometi uma bigamia?

– Eu não acho nada. Ora, deixe-me dizer-lhe a última razão da minha incapacidade para os amores.

– Sou toda ouvidos.

– Eu não creio na fidelidade.

– Em absoluto?

– Em absoluto.

– Muito obrigada.

– Ah! eu sei que isto não é delicado; mas, em primeiro lugar, eu tenho a coragem das minhas opiniões, e em segundo foi Vossa Excelência quem me provocou. É infelizmente verdade, eu não creio nos amores leais e eternos. Quero fazê-la minha confidente. Houve um dia em que eu tentei amar; concentrei todas as forças vivas do meu coração; dispus-me a reunir o meu orgulho e a minha ilusão na cabeça do objeto amado. Que lição mestra! O objeto amado, depois de me alimentar as esperanças, casou-se com outro que não era nem mais bonito, nem mais amante.

– Que prova isso? – perguntou a viúva.

– Prova que me aconteceu o que pode acontecer e acontece diariamente aos outros.

– Ora...

– Há de me perdoar, mas eu creio que é uma coisa já metida na massa do sangue.

– Não diga isso. É certo que pode acontecer casos desses; mas serão todos assim? Não admite uma exceção? Aprofunde mais os corações alheios se quiser encontrar a verdade... e há de encontrar.

– Qual! – disse Tito abaixando a cabeça e batendo com a bengala na ponta do pé.

– Posso afirmá-lo – disse Emília.

– Duvido.

– Tenho pena de uma criatura assim – continuou a viúva. – Não conhecer o amor é não conhecer a vida! Há nada igual à união de duas almas que se adoram? Desde que o amor entra no coração, tudo se transforma, tudo muda, a noite parece dia, a dor assemelha-se ao prazer... Se não conhece nada disto, pode morrer, porque é o mais infeliz dos homens.

– Tenho lido isso nos livros, mas ainda não me convenci...

– Já reparou na minha sala?

– Já vi alguma coisa.

– Reparou naquela gravura?

Tito olhou para a gravura que a viúva lhe indicava.

– Se me não engano – disse ele – aquilo é o Amor domando as feras.

– Veja e convença-se.

– Com a opinião do desenhista? – perguntou Tito. – Não é possível. Tenho visto gravuras vivas. Tendo servido de alvo a muitas setas; crivam-me todo, mas eu tenho a fortaleza de São Sebastião; afronto, não me curvo.

– Que orgulho!

– O que pode fazer dobrar uma altivez destas? A beleza? Nem Cleópatra. A castidade? Nem Susana. Resuma, se quiser, todas as qualidades em uma só criatura, e eu não mudarei... É isto e nada mais.

Emília levantou-se e dirigiu-se para o piano.

– Não aborrece a música? – perguntou ela abrindo o piano.

– Adoro-a – respondeu o moço sem se mover –; agora quanto aos executantes só gosto dos bons. Os maus dá-me ímpetos de enforcá-los.

Emília executou ao piano os prelúdios de uma sinfonia. Tito ouvia-a com a mais profunda atenção. Realmente a bela viúva tocava divinamente.

– Então – disse ela levantando-se –, devo ser enforcada?

– Deve ser coroada. Toca perfeitamente.

– Outro ponto em que não é original. Toda a gente me diz isso.

– Ah! eu também não nego a luz do sol.

Neste momento entrou na sala a tia de Emília. Esta apresentou-lhe Tito. A conversa tomou então um tom pessoal e reservado; durou pouco, aliás, porque Tito, travando repentinamente do chapéu, declarou que tinha que fazer.

– Até quando?

– Até sempre.

Despediu-se e saiu.

Emília ainda o acompanhou com os olhos por algum tempo, da janela da casa. Mas Tito, como se o caso não fosse com ele, seguiu sem olhar para trás.

Mas, exatamente no momento em que Emília voltava para dentro, Tito encontrava o velho Diogo.

Diogo ia na direção da casa da viúva. Tinha um ar pensativo. Tão distraído ia que chegou quase a esbarrar com Tito.

– Onde vai tão distraído? – perguntou Tito.

– Ah! é o senhor? Vem da casa de D. Emília?

– Venho.

– Eu para lá vou. Coitada! há de estar muito impaciente com a minha demora.

– Não está, não senhor – respondeu Tito com o maior sangue-frio.

Diogo lançou-lhe um olhar de despeito.

A isso seguiu-se um silêncio de alguns minutos, durante o qual Diogo brincava com a corrente do relógio, e Tito lançava ao ar novelos de fumaça de um primoroso havana. Um desses novelos foi desenrolar-se na cara de Diogo. O velho tossiu e disse a Tito:

– Apre lá, Sr. Tito! É demais!

– O que, meu caro senhor? – perguntou o rapaz.

– Até a fumaça!

– Foi sem reparar. Mas eu não compreendo as suas palavras...

– Eu me faço explicar – disse o velho tomando um ar risonho. – Dê-me o seu braço...

– Pois não! – E os dois seguiram conversando como dois amigos velhos.

– Estou pronto a ouvir a sua explicação.

– Lá vai. Sabe o que eu quero? É que seja franco. Não ignora que eu suspiro aos pés da viúva. Peço-lhe que não discuta o fato, admita-o simplesmente. Até aqui tudo ia caminhando bem, quando o senhor chegou a Petrópolis.

– Mas...

– Ouça-me silenciosamente. Chegou o senhor a Petrópolis, e, sem que eu lhe tivesse feito mal algum, entendeu de si para si que me havia de tirar do lance. Desde então começou a corte...

– Meu caro Sr. Diogo, tudo isso é uma fantasia. Eu não faço a corte a D. Emília, nem pretendo fazer-lha. Vê-me acaso frequentar a casa dela?

– Acaba de sair de lá.

– É a primeira vez que a visito.

– Quem sabe?

– Demais, ainda ontem não ouviu em casa de Azevedo as expressões com que ela se despediu de mim? Não são de mulher que...

– Ah! isso não prova nada. As mulheres, e sobretudo aquela, nem sempre dizem o que sentem...

– Então acha que aquela sente alguma coisa por mim?...

– Se não fosse isso, não lhe falaria.

– Ah! ora eis aí uma novidade.

– Suspeito apenas. Ela só me fala do senhor; indaga-me vinte vezes por dia de sua pessoa, dos seus hábitos, do seu passado e das suas opiniões... Eu, como há de acreditar, respondo a tudo que não sei, mas vou criando um ódio ao senhor, do qual não me poderá jamais criminar.

– É culpa minha se ela gosta de mim? Ora, vá descansado, Sr. Diogo. Nem ela gosta de mim, nem eu gosto dela. Trabalhe desassombradamente e seja feliz.

– Feliz! se eu pudesse ser! Mas não... não creio; a felicidade não se fez para mim. Olhe, Sr. Tito, amo aquela mulher como se pode amar a vida. Um olhar dela vale mais para mim que um ano de glórias e de felicidade. É por ela que eu tenho deixado os meus negócios à toa. Não viu outro dia que uma carta me chegou às mãos, cuja leitura me fez entristecer? Perdi uma causa. Tudo por quê? por ela!

– Mas ela não lhe dá esperanças?

– Eu sei o que é aquela moça! Ora trata-me de modo que eu vou ao sétimo céu; ora é tal a sua indiferença que me atira ao inferno. Hoje um sorriso, amanhã um gesto de desdém. Ralha-me de não visitá-la; vou visitá-la, ocupa-se tanto de mim como de *Ganimedes*; *Ganimedes* é o nome de um cãozinho felpudo que eu lhe dei. Importa-se tanto comigo como com o cachorro... É de propósito. É um enigma aquela moça.

– Pois não serei eu quem o decifre, Sr. Diogo. Desejo-lhe muita felicidade. Adeus.

E os dois separaram-se. Diogo seguiu para a casa de Emília, Tito para a casa de Azevedo.

Tito acabava de saber que a viúva pensava nele; todavia, isso não lhe dera o menor abalo. Por quê? É o que saberemos mais adiante. O que é preciso dizer desde já é que as mesmas suspeitas despertadas no espírito de Diogo tivera a mulher de Azevedo. A intimidade de Emília dava lugar a uma franca interrogação e a uma confissão franca. Adelaide, no dia seguinte àquele em que se passou a cena que referi acima, disse a Emília o que pensava.

A resposta da viúva foi uma risada.

– Não te compreendo – disse a mulher de Azevedo.

– É simples – disse a viúva. – Julgas-me capaz de apaixonar-me pelo amigo de teu marido? Enganas-te. Não, eu não o amo. Somente, como te disse no dia em que o vi aqui pela primeira vez, empenho-me em tê-lo a meus pés. Se bem me recordo foste tu mesma quem me deu conselho. Aceitei-o. Hei de vingar o nosso sexo. É um pouco de vaidade minha, embora; mas eu creio que aquilo que nenhuma fez, fá-lo-ei eu.

– Ah! cruelzinha! É isso?

– Nem mais, nem menos.

– Achas possível?

– Por que não?

– Reflete que a derrota será dupla...

– Será, mas não há de haver.

Esta conversa foi interrompida por Azevedo. Um sinal de Emília fez calar Adelaide. Ficou convencionado que nem mesmo Azevedo saberia de coisa alguma. E, com efeito, Adelaide nada comunicou a seu marido.

Capítulo III

Tinham-se passado oito dias depois do que acabo de narrar.

Tito, como o temos visto até aqui, estava no terreno do primeiro dia. Passeava, lia, conversava e parecia inteiramente alheio aos planos que se tramavam em roda dele. Durante esse tempo foi apenas duas vezes à casa de Emília, uma com a família de Azevedo, outra com Diogo. Nestas visitas era sempre o mesmo, frio, indiferente, impassível. Não havia olhar, por mais sedutor e significativo, que o abalasse; nem a ideia de que andava no pensamento da viúva era capaz de animá-lo.

– Por que, ao menos, se não é capaz de amar, não procura entreter um desses namoros de sala, que tanto lisonjeiam a vaidade dos homens?

Esta pergunta era feita por Emília a si mesma, sob a impressão da estranheza que lhe causava a indiferença do rapaz. Ela não compreendia que Tito pudesse conservar-se de gelo diante dos seus encantos. Mas infelizmente era assim.

Cansada de trabalhar em vão, a viúva determinou dar um golpe mais decisivo. Encaminhou a conversa para as doçuras do casamento e lamentou o estado de sua viuvez. O casal Azevedo era para ela o tipo da perfeita felicidade conjugal. Apresentava-o aos olhos de Tito como um incentivo para quem queria ser venturoso na Terra. Nada, nem a tese, nem a hipótese, nada moveu a frieza de Tito.

Emília jogava um jogo perigoso. Era preciso decidir entre os seus desejos de vingar o sexo e as conveniências da sua posição; mas ela era de um caráter imperioso; respeitava muito os princípios de sua moral severa, mas não acatava do mesmo modo as conveniências de que a sociedade cercava essa moral. A vaidade impunha no espírito dela, com força prodigiosa. Assim que a bela viúva foi usando todos os meios que era lícito empregar para fazer apaixonar Tito.

Mas, apaixonado ele, o que faria ela? A pergunta é ociosa; desde que ela o tivesse aos pés, trataria de conservá-lo aí fazendo parelha ao velho Diogo. Era o melhor troféu que uma beleza altiva pode ambicionar.

Uma manhã, oito dias depois das cenas referidas no capítulo anterior, apareceu Diogo em casa de Azevedo. Tinham aí acabado de almoçar; Azevedo subira para o gabinete, a fim de aviar alguma correspondência para a corte; Adelaide achava-se na sala do pavimento térreo.

Diogo entrou com uma cara contristada, como nunca se lhe vira. Adelaide correu para ele.

– Que é isso? – perguntou ela.

– Ah! minha senhora... sou o mais infeliz dos homens!

– Por quê? Venha sentar-se...

Diogo sentou-se, ou antes deixou-se cair na cadeira que Adelaide lhe ofereceu. Esta tomou lugar ao pé dele, animou-o a contar as suas mágoas.

– Então que há?

– Duas desgraças – respondeu ele. – A primeira em forma de sentença. Perdi mais uma demanda. É uma desgraça isto, mas não é nada...

– Pois há maior?...

– Há. A segunda desgraça foi em forma de carta.

– De carta? – perguntou Adelaide.

– De carta. Veja isto.

Diogo tirou da carteira uma cartinha cor-de-rosa, cheirando à essência de magnólia.

Adelaide leu a carta para si.

Quando ela acabou, perguntou-lhe o velho:

– Que me diz a isto?

– Não compreendo – respondeu Adelaide.

– Esta carta é dela.

– Sim, e depois?

– É para ele.

– Ele quem?

– Ele! o diabo! o meu rival! o Tito!

– Ah!

– Dizer-lhe o que senti quando apanhei esta carta é impossível. Nunca tremi na minha vida! Mas quando li isto, não sei que vertigem se apoderou de mim. Ando tonto! A cada passo como que desmaio... Ah!

– Ânimo! – disse Adelaide.

– É isto mesmo que eu vinha buscar... é uma consolação, uma animação. Soube que estava aqui e estimei achá-la só... Ah! quanto sinto que o estimável seu marido esteja vivo... porque a melhor consolação era aceitar Vossa Excelência um coração tão mal compreendido.

– Felizmente ele está vivo.

Diogo soltou um suspiro e disse:

– Felizmente!

E depois de um silêncio continuou:

– Tive duas ideias: uma foi o desprezo; mas desprezá-los é pô-los em maior liberdade e ralar-me de dor e de vergonha; a segunda foi o duelo... é melhor... eu mato... ou...

– Deixe-se disso.

– É indispensável que um de nós seja riscado do número dos vivos.

– Pode ser engano...

– Mas não é engano, é certeza.

– Certeza de quê?

Diogo abriu o bilhete e disse:

– Ora, ouça:

Se ainda não me compreendeu é bem curto de penetração. Tire a máscara e eu me explicarei. Esta noite tomo chá sozinha. O importuno Diogo não me incomodará com as suas tolices. Dê-me a felicidade de vê-lo e admirá-lo.

Emília.

– Mas que é isto?

– Que é isto? Ah! se fosse mais do que isto já eu estava morto! Pude pilhar a carta, e a tal entrevista não se deu.

– Quando foi escrita a carta?

– Ontem.

– Tranquilize-se. É capaz de guardar um segredo? O que lhe vou dizer é grave. Mas só a sua aflição me faz falar. Posso afirmar-lhe que esta carta é uma pura caçoada. Trata-se de vingar o nosso sexo ultrajado; trata-se de fazer com que Tito se apaixone... nada mais.

Diogo estremeceu de alegria.

– Sim? – perguntou ele.

– É pura verdade. Mas veja lá, isto é segredo. Se lho descobri foi por vê-lo aflito. Não nos comprometa.

– Isso é sério? – insistiu Diogo.

– Como quer que lho diga?

– Ah! que peso me tirou! Pode estar certa de que o segredo caiu num poço. Oh! muito me hei de rir... muito me hei de rir... Que boa inspiração tive em vir falar-lhe! Diga-me, posso dizer a D. Emília que sei tudo?

– Não!

– É então melhor que não me dê por achado...

– Sim.

– Muito bem!

Dizendo estas palavras o velho Diogo esfregava as mãos e piscava os olhos. Estava radiante. Quê! ver o suposto rival sendo vítima dos laços da viúva! Que glória! que felicidade!

Nisto estava quando à porta do interior apareceu Tito. Acabava de levantar-se da cama.

– Bom dia, D. Adelaide – disse ele dirigindo-se para a mulher de Azevedo.

Depois sentando-se e voltando a cara para Diogo:

– Bom dia – disse. – Está hoje alegre... Tirou a sorte grande?

– A sorte grande? – perguntou Diogo. – Tirei... tirei.

– Dormiu bem? – perguntou Adelaide a Tito.

– Como um justo que sou. Tive sonhos cor-de-rosa: sonhei com o Sr. Diogo.

– Ah! sonhou comigo? – murmurou entre dentes o velho namorado. – Coitado! tenho pena dele!

– Mas onde está Azevedo? – perguntou Tito a Adelaide.

– Anda de passeio.

– Já?

– Pois então. Onze horas.

– Onze horas! É verdade, acordei muito tarde. Tinha duas visitas para fazer: uma a D. Emília.

– Ah! – disse Diogo.

– De que se espanta, meu caro?

– De nada! de nada!

– Bom; vou mandar pôr o seu almoço – disse Adelaide.

Os dois ficaram sós. Tito acendeu um cigarro de palha; Diogo afetava grande distração, mas olhava sorrateiramente para o moço. Este, apenas soltou duas fumaças, voltou-se para o velho e disse:

– Como vão os seus amores?

– Que amores?

– Os seus, a Emília... Já lhe fez compreender toda a imensidade da paixão que o devora?

– Qual... Preciso de algumas lições... Se mas quisesse dar?...

– Eu? Está sonhando!

– Ah! eu sei que o senhor é forte... É modesto, mas é forte; e até fortíssimo! Ora, eu sou realmente um aprendiz... Tive há pouco a ideia de desafiá-lo.

– A mim?

– É verdade, mas foi uma loucura de que me arrependi...

– Além de que não é uso em nosso país...

– Em toda a parte é uso vingar a honra.

– Bravo, D. Quixote!

– Ora, eu acreditava-me ofendido na honra.

– Por mim?

– Mas emendei a mão; reparei que era antes eu quem ofendia pretendendo lutar com um mestre, eu simples aprendiz?...

– Mestre de quê?

– Dos amores! Oh! eu sei que é mestre..

– Deixe-se disso... eu não sou nada... o Sr. Diogo, sim; o senhor vale um urso, vale mesmo dois. Como havia de eu... Ora! Aposto que teve ciúmes?

– Exatamente.

– Mas era preciso não me conhecer; não sabe das minhas ideias?

– Homem, às vezes é pior.

– Pior, como?

– As mulheres não deixam uma afronta sem castigo... As suas ideias são afrontosas... Qual será o castigo? Paro aqui... paro aqui...

– Aonde vai?

– Vou sair. Adeus. Não se lembre mais da minha desastrada ideia do duelo...

– Que está acabado... Ah! o senhor escapou de boa!

– De quê?

– De morrer. Eu enfiava-lhe a espada por esse abdômen... com um gosto... com um gosto só comparável ao que tenho de abraçá-lo vivo e são!

Diogo riu-se com um riso amarelo.

– Obrigado, obrigado. Até logo!

– Venha cá, aonde vai? Não se despede de D. Adelaide?

– Eu já volto – disse Diogo travando do chapéu e saindo precipitadamente.

Tito ainda o acompanhou com os olhos.

“Este sujeito”, disse o moço consigo quando se viu só, “não tem nada de original. Aquela opinião a respeito das mulheres não é dele... Melhor... já se conspira; é o que me convém. Hás de vir! hás de vir!”

Um criado alemão veio anunciar a Tito que o almoço estava preparado. Tito ia entrando quando assomou à porta a figura de Azevedo.

– Ora, graças a Deus! O meu amigo não se levanta com o sol. Estás com olhos de quem acaba de dormir.

– É verdade, e vou almoçar.

Dirigiram-se os dois para dentro, onde a mesa estava posta à espera de Tito.

– Almoças outra vez? – perguntou Tito.

– Não.

– Pois então vais ver como se come.

Tito sentou-se à mesa; Azevedo estirou-se num sofá.

– Aonde foste? – perguntou Tito.

– Fui passear... Compreendi que é preciso ver e admirar o que é indiferente, para apreciar e ver aquilo que faz a felicidade íntima do coração.

– Ah! sim? Bem vês que até a felicidade por igual fatiga! Afinal sempre a razão do meu lado.

– Talvez. Apesar de tudo, quer-me parecer que já intentas entrar na família dos casados.

– Eu?

– Tu, sim.

– Por quê?

– Mas, dize, é ou não verdade?

– Qual, verdade!

– O que sei é que uma destas tardes em que adormeceste lendo, não sei que livro, ouvi-te pronunciar em sonhos, com a maior ternura, o nome de Emília.

– Deveras? – perguntou Tito mastigando.

– É exato. Concluí que se sonhavas com ela é que a tinhas no pensamento, e se a tinhas no pensamento é que a amavas.

– Concluíste mal.

– Mal?

– Concluíste como um marido de cinco meses. Que prova um sonho? Não prova nada! Pareces velha supersticiosa.

– Mas enfim, alguma coisa há por força... Serás capaz de me dizeres o que é?

– Homem, podia dizer-te alguma coisa se não fosses casado.

– Que tem que eu seja casado?

– Tem tudo. Seria indiscreto sem querer e até sem saber. À noite, entre um beijo e um bocejo, o marido e a mulher abrem um para o outro a bolsa das confidências. Sem pensares, podes deitar tudo a perder.

– Não digas isso. Vamos lá. Há novidade?

– Não há nada.

– Confirmas as minhas suspeitas. Gostas da Emília.

– Ódio não lhe tenho, é verdade.

– Gostas. E ela merece. É uma boa senhora, de não vulgar beleza, possuindo as melhores qualidades. Talvez preferisses que não fosse viúva?...

– Sim, é natural que se embale dez vezes por dia na lembrança dos dois maridos que já exportou para o outro mundo... à espera de exportar o terceiro...

– Não é dessas...

– Afianças?

– Quase que posso afiançar.

– Ah! meu amigo – disse Tito levantando-se da mesa e indo acender um charuto –, toma o conselho de um tolo: nunca afiances nada, principalmente em tais assuntos. Entre a prudência discreta e a cega confiança não é lícito duvidar, a escolha está decidida nos próprios termos da primeira. O que podes tu afiançar a respeito de Emília? Não a conheces melhor do que eu. Há quinze dias que nos conhecemos, e eu já lhe leio no interior; estou longe de atribuir-lhe maus sentimentos, mas tenho a certeza de que não possui as raríssimas qualidades que são necessárias à exceção. Que sabes tu?

– Realmente, eu não sei nada.

"Não sabes nada!", disse Tito consigo.

– Falo pelas minhas impressões. Parecia-me que um casamento entre vocês ambos não vinha fora de propósito.

– Se me falas outra vez em casamento, saio.

– Pois só a palavra?

– A palavra, a ideia, tudo.

– Entretanto, admiras e aplaudes o meu casamento.

– Ah! eu aplaudo nos outros muitas coisas de que não sou capaz de usar. Depende da vocação.

Adelaide apareceu à porta da sala de jantar. A conversa cessou entre os dois rapazes.

– Trago-lhe uma notícia.

– Que notícia? – perguntaram-lhe os dois.

– Recebi um bilhete de Emília... Pede-nos que vamos lá amanhã, porque...

– Por quê? – perguntou Azevedo.

– Talvez dentro de oito dias se retire para a cidade.

– Ah! – disse Tito com a maior indiferença deste mundo.

– Apronta as tuas malas – disse Azevedo a Tito.

– Por quê?

– Não segues os passos da deusa?

– Não zombes, cruel amigo! Quando não...

– Anda lá...

Adelaide sorriu ouvindo estas palavras.

Daí a meia hora Tito subiu para o gabinete em que Azevedo tinha os livros. Ia, dizia, ler as *Confissões de Santo Agostinho.*

– Que repentina viagem é esta? – perguntou Azevedo à sua mulher.

– Tens muito empenho em saber?

– Tenho.

– Pois bem. Olha que é segredo. Eu não sei positivamente, mas creio que é uma estratégia.

– Estratégia? Não entendo.

– Eu te digo. Trata-se de prender o Tito.

– Prender?

– Estás hoje tão bronco! Prender pelos laços do amor...

– Ah!

– Emília julgou que deve fazê-lo. É só para brincar. No dia em que ele se declarar vencido fica ela vingada do que ele disse contra o sexo.

– Não está mau... E tu entras nesta estratégia...

– Como conselheira.

– Trama-se então contra um amigo, um *alter ego*.

– Tá, tá, tá. Cala a boca. Não vás fazer abortar o plano.

Azevedo riu-se a bandeiras despregadas. No fundo achava engraçada a punição premeditada ao pobre Tito.

A visita que Tito disse ter de fazer à viúva naquele dia não se realizou.

Diogo, que apenas saíra da casa de Azevedo, ciente das intenções da viúva, fora para casa desta esperar o rapaz, embalde lá esteve durante o dia, embalde jantou, embalde aborreceu a tarde inteira tanto a Emília como à tia. Tito não apareceu.

Mas, à noite, à hora em que Diogo, já vexado de tanta demora na casa da moça, tratava de sair, anunciou-se a chegada de Tito.

Emília estremeceu; mas esse movimento escapou a Diogo.

Tito entrou na sala onde se achavam Emília, a tia e Diogo.

– Não contava com a sua visita – disse a viúva.

– Eu sou assim; apareço quando não me esperam. Sou como a morte e a sorte grande.

– Agora é a sorte grande – disse Emília.

– Que número é o seu bilhete, minha senhora?

– Número doze, isto é, doze horas que tenho tido o prazer de ter hoje aqui o Sr. Diogo...

– Doze horas! – exclamou Tito voltando-se para o velho.

– Sem que ainda o nosso bom amigo nos contasse uma história...

– Doze horas! – repetiu Tito.

– Que admira, meu caro senhor? – perguntou Diogo.

– Acho um pouco estirado...

– As horas contam-se quando são aborrecidas... Peço para me retirar...

E, dizendo isto, Diogo travou do chapéu para sair lançando um olhar de despeito e ciúme para a viúva.

– Que é isso? – perguntou esta. – Aonde vai?

– Dou asas às horas – respondeu Diogo ao ouvido de Emília –; vão correr depressa agora.

– Perdoo-lhe e peço que se sente.

Diogo sentou-se.

A tia de Emília pediu licença para retirar-se alguns minutos.

Ficaram os três.

– Mas então – disse Tito – nem ao menos uma história contou?

– Nenhuma.

Emília lançou um olhar a Diogo como para tranquilizá-lo. Este, mais calmo então, lembrou-se do que Adelaide lhe havia dito, e voltou às boas.

– Afinal de contas – disse ele consigo –, o caçoado é ele. Eu sou apenas o meio de prendê-lo... Contribuamos para que se lhe tire a proa.

– Nenhuma história – continuou Emília.

– Pois olhe, eu sei muitas – disse Diogo com intenção.

– Conte uma de tantas que sabe – disse Tito.

– Nada! Por que não conta o senhor?

– Se faz empenho...

– Muito... muito – disse Diogo piscando os olhos. – Conte lá, por exemplo, a história do taboqueado, a história das imposturas do amor, a história dos viajantes encouraçados; vá, vá.

– Não, vou contar a história de um homem e de um macaco.

– Oh! – disse a viúva.

– É muito interessante – disse Tito. – Ora, ouçam.

– Perdão – interrompeu Emília –, será depois do chá.

– Pois sim.

Daí a pouco servia-se o chá aos três. Findo ele, Tito tomou a palavra e começou a história:

História de um homem e de um macaco

*Não longe da vila ***, no interior do Brasil, morava há uns vinte anos um homem de trinta e cinco anos, cuja vida misteriosa era o objeto das conversas das vilas próximas e o objeto do terror que experimentavam os viajantes que passavam na estrada a dois passos da casa.*

A própria casa era já de causar apreensões ao espírito menos timorato. Vista de longe nem parecia casa, tão baixinha era. Mas quem se aproximasse conheceria aquela construção singular. Metade do edifício estava ao nível do chão e metade abaixo da terra. Era entretanto uma casa solidamente construída. Não tinha porta nem janelas. Tinha um vão quadrado que servia ao mesmo tempo de janela e de porta. Era por ali que o misterioso morador entrava e saía.

Pouca gente o via sair, não só porque ele raras vezes o fazia, como porque o fazia em horas impróprias. Era nas horas da lua cheia que o solitário deixava a residência para ir passear nos arredores. Levava sempre consigo um grande macaco, que acudia pelo nome de Calígula.

O macaco e o homem, o homem e o macaco eram dois amigos inseparáveis, dentro e fora de casa, na lua nova.

Mil versões corriam a respeito deste misterioso solitário.

A mais geral é que era um feiticeiro. Havia uma que o dava por doido; outra por simplesmente atacado de misantropia.

Esta última versão tinha por si duas circunstâncias: a primeira era não constar nada de positivo que fizesse reconhecer no homem hábitos de feiticeiro ou alienado; a segunda era a amizade que ele parecia votar ao macaco e o horror com que fugia ao olhar dos homens. Quando a gente se aborrece dos homens toma sempre a afeição dos animais, que têm a vantagem de não discorrer, nem intrigar.

O misterioso... É preciso dar-lhe um nome: chamemo-lo Daniel. Daniel preferia o macaco, e não falava a mais homem algum. Algumas vezes os viajantes que passavam pela estrada ouviam partir de dentro da casa gritos do macaco e do homem; era o homem que afagava o macaco.

Como se alimentavam aquelas duas criaturas? Houve quem visse um dia de manhã abrir-se a porta, sair o macaco e voltar pouco depois com um embrulho na boca. O tropeiro que presenciava esta cena quis descobrir onde ia o macaco buscar aquele embrulho que levava sem dúvida os alimentos dos dois solitários. Na manhã seguinte introduziu-se no mato; o macaco chegou à hora do costume, e dirigiu-se para um tronco de árvore; havia sobre esse tronco um grande galho, que o bicho atirou ao chão. Depois, introduzindo as mãos no interior do velho tronco, tirou um embrulho igual ao da véspera e partiu.

O tropeiro persignou-se, e tão apreendido ficou com a cena que acabava de presenciar que não a contou a ninguém.

Durava esta existência três anos.

Durante esse tempo o homem não envelhecera. Era o mesmo que no primeiro dia. Longas barbas ruivas e cabelos grandes caídos para trás. Usava um grande casaco de baeta, tanto no inverno como no verão. Calçava botas e não usava chapéu.

Era impossível aos passageiros e aos moradores das vizinhanças penetrar na casa do solitário. Não o será decerto para nós, minha bela senhora, e meu caro amigo.

A casa divide-se em duas salas e um quarto. Uma sala é para jantar; a outra é... a de visitas. O quarto é ocupado pelos dois moradores, Daniel e Calígula.

As duas salas são de iguais dimensões; o quarto é uma metade da sala. A mobília da primeira sala compõe-se de dois sujos bancos encostados à parede, uma mesa baixa no centro. O chão é assoalhado. Pendem das paredes dois retratos: um de moça, outro de velho. A moça é uma figura angélica e deliciosa. O velho inspirava respeito e admiração. Das outras duas paredes pendem, de um lado uma faca de cabo de marfim, e do outro uma mão de defunto, amarela e seca.

A sala de jantar tem apenas uma mesa e dois bancos.

A mobília do quarto resume-se num grabato em que dorme Daniel. Calígula estende-se no chão, junto à cabeceira do dono.

Tal é a mobília da casa.

A casa, que de fora parece não ter capacidade para conter um homem em pé, é contudo suficiente, visto estar, como disse, entranhada no chão.

Que vida terão passado aí dentro o macaco e o homem, no espaço de três anos? Não saberei dizê-lo.

Quando Calígula traz de manhã o embrulho, Daniel divide a comida em duas porções, uma para o almoço, outra para jantar. Depois homem e macaco sentam-se em face um do outro na sala de jantar e comem irmãmente as duas refeições.

Quando chega a lua cheia saem os dois solitários, como já disse, todas as noites, até a época em que a lua passa a ser minguante. Saem às dez horas, pouco mais ou menos, e voltam pouco mais ou menos às duas horas da madrugada. Quando entram, Daniel tira a mão do finado que pende da parede e dá com ela duas bofetadas em si próprio. Feito isto, vai deitar-se; Calígula acompanha-o.

Uma noite, era no mês de junho, época de lua cheia, Daniel preparou-se para sair. Calígula deu um pulo e saltou à estrada. Daniel fechou a porta, e lá se foi com o macaco estrada acima.

A lua, inteiramente cheia, projetava os seus reflexos pálidos e melancólicos na vasta floresta que cobria as colinas próximas, e clareava toda a vasta campina que rodeava a casa.

Só se ouvia ao longe o murmúrio de uma cachoeira, e ao perto o piar de algumas corujas, e o chilrar de uma infinidade de grilos espalhados na planície.

Daniel caminhava pausadamente levando um pau debaixo do braço, e, acompanhado do macaco, que saltava do chão aos ombros de Daniel e dos ombros de Daniel para o chão.

Mesmo sem a forma lúgubre que tinha aquele lugar por causa da residência do solitário, qualquer pessoa que encontrasse àquela hora Daniel e o macaco corria risco de morrer de medo. Daniel, extremamente magro e alto, tinha em si um ar lúgubre. Os cabelos da barba e da cabeça, crescidos em abundância, faziam a sua cabeça ainda maior do que era. Sem chapéu era uma cabeça verdadeiramente satânica.

Calígula, que nos outros dias era um macaco ordinário, tomava, naquelas horas de passeio noturno, um ar tão lúgubre e tão misterioso como o de Daniel.

Havia já uma hora que os dois solitários tinham saído de casa. A casa ficara já um pouco longe. Nada mais natural do que chegar a polícia nessa ocasião, tomar a entrada da casa e reconhecer o mistério. Mas a polícia, apesar dos meios que tinha à sua disposição, não se animava a investigar no mistério que o povo reputava diabólico. Também a polícia é humana, e nada do que é humano lhe é desconhecido.

Havia uma hora, disse eu, que os dois passeadores tinham saído de casa. Começavam então a subir uma pequena colina...

Tito foi interrompido por um bocejo do velho Diogo.

– Quer dormir? – perguntou o rapaz.

– É o que vou fazer.

– Mas a história?

– A história é muito divertida. Até aqui só temos visto duas coisas, um homem e um macaco; perdão... temos mais dois, um macaco e um homem. É muito divertida! Mas, para variar, o homem vai sair e fica o macaco.

Dizendo estas palavras com uma raiva cômica, Diogo travou do chapéu e saiu.

Tito soltou uma gargalhada.

– Mas vamos ao fim da história...

– Que fim, minha senhora? Eu já estava em talas por não saber como continuar... Era um meio de servi-la. Vejo que é um velho aborrecido...

– Não é, está enganado.

– Ah! não?

– Divirto-me com ele. O que não impede que a presença do senhor me dê infinito prazer...

– Vossa Excelência disse agora uma falsidade.

– Qual foi?

– Disse que lhe era agradável a minha conversa. Ora, isso é falso como tudo quanto é falso...

– Quer um elogio?

– Não, falo franco. Eu nem sei como Vossa Excelência me atura; desabrido, maçante, chocarreiro, sem fé em coisa alguma, sou um conversador muito pouco digno de ser desejado. É preciso ter uma grande soma de bondade para ter expressões tão benévolas... tão amigas...

– Deixe esse ar de mofa, e...

– Mofa, minha senhora?

– Ontem eu e minha tia tomamos chá sozinhas! sozinhas!...

– Ah!

– Contava que o senhor viesse aborrecer-se uma hora conosco...

– Qual aborrecer... Eu lhe digo: o culpado foi o Ernesto.

– Ah! foi ele?

– É verdade; deu comigo aí em casa de uns amigos, éramos quatro ao todo, rolou a conversa sobre o voltarete e acabamos por formar mesa. Ah! mas foi uma noite completa! Aconteceu-me o que me acontece sempre: ganhei!

– Está bom.

– Pois, olhe, ainda assim eu não jogava com pexotes; eram mestres de primeira força: um principalmente; até às onze horas a fortuna pareceu desfavorecer-me, mas dessa hora em diante desandou a roda para eles e eu comecei a assombrar... pode ficar certa de que os assombrei. Ah! é que eu tenho diploma... mas que é isso, está chorando?

Emília tinha com efeito o lenço nos olhos. Chorava? É certo que, quando tirou o lenço dos olhos, tinha-os úmidos. Voltou-se contra a luz e disse ao moço.

– Qual... pode continuar.

– Não há mais nada; foi só isto – disse Tito.

– Estimo que a noite lhe corresse feliz...

– Alguma coisa...

– Mas a uma carta responde-se; por que não respondeu à minha? – disse a viúva.

– À sua qual?

– À carta que lhe escrevi pedindo que viesse tomar chá conosco?

– Não me lembro.

– Não se lembra?

– Ou, se recebi essa carta, foi em ocasião que a não pude ler, e então esqueci, esqueci-a em algum lugar...

– É possível: mas é a última vez...

– Não me convida mais para tomar chá?

– Não. Pode arriscar-se a perder distrações melhores.

– Isso não digo: a senhora trata bem a gente, e em sua casa passam-se bem as horas... Isto é com franqueza. Mas então tomou chá sozinha? E o Diogo?

– Descartei-me dele. Acha que ele seja divertido?

– Parece que sim... É um homem delicado; um tanto dado às paixões, é verdade, mas, sendo esse um defeito comum, acho que nele não é muito digno de censura.

– O Diogo está vingado.

– De que, minha senhora?

Emília olhou fixamente para Tito e disse:

– De nada!

E levantando-se dirigiu-se para o piano.

– Vou tocar – disse ela –; não o aborrece?

– De modo nenhum.

Emília começou a tocar; mas era uma música tão triste que infundia certa melancolia no espírito do moço. Este, depois de algum tempo, interrompeu com estas palavras:

– Que música triste!

– Traduzo a minha alma – disse a viúva.

– Anda triste?

– Que lhe importam as minhas tristezas?

– Tem razão, não me importam nada. Em todo o caso não é comigo?

Emília levantou-se e foi para ele.

– Acha que lhe hei de perdoar a desfeita que me fez? – disse ela.

– Que desfeita, minha senhora?

– A desfeita de não vir ao meu convite?

– Mas eu já lhe expliquei...

– Paciência! O que sinto é que também nesse voltarete estivesse o marido de Adelaide.

– Ele retirou-se às dez horas, e entrou um parceiro novo, que não era de todo mau.

– Pobre Adelaide!

– Mas se eu lhe digo que ele se retirou às dez horas.

– Não devia ter ido. Devia pertencer sempre à sua mulher. Sei que estou falando a um descrido; não pode calcular a felicidade e os deveres do lar doméstico. Viverem duas criaturas uma para a outra, confundidas, unificadas; pensar, aspirar, sonhar a mesma coisa; limitar o horizonte nos olhos de cada uma, sem outra ambição, sem inveja de mais nada. Sabe o que é isto?

– Sei... É o casamento por fora.

– Conheço alguém que lhe provava aquilo tudo...

– Deveras? Quem é essa fênix?

– Se lho disser, há de mofar; não digo.

– Qual mofar! Diga lá, eu sou curioso.

– Não acredita que haja alguém que possa amá-lo?

– Pode ser...

– Não acredita que alguém, por despeito, por outra coisa que seja, tire da originalidade do seu espírito os influxos de um amor verdadeiro, mui diverso do amor ordinário dos salões; um amor capaz de sacrifício, capaz de tudo? Não acredita!

– Se me afirma, acredito; mas...

– Existe a pessoa e o amor.

– São então duas fênix.

– Não zombe. Existem... Procure...

– Ah! isso há de ser mais difícil: não tenho tempo. E suponha que achasse, de que me servia? Para mim é perfeitamente inútil. Isso é bom para outros; para o Diogo, por exemplo...

– Para o Diogo?

A bela viúva pareceu ter um assomo de cólera. Depois de um silêncio disse:

– Adeus! Desculpe, estou incomodada. Então, até amanhã!

Dizendo o que, Tito apertou a mão de Emília e saiu tão alegre e descuidoso como se saísse de um jantar de anos.

Emília, apenas ficou só, caiu numa cadeira e cobriu o rosto.

Estava nessa posição havia cinco minutos, quando assomou à porta a figura do velho Diogo.

O rumor que o velho fez entrando despertou a viúva.

– Ainda aqui!

– É verdade, minha senhora – disse Diogo aproximando-se –, é verdade. Ainda aqui, por minha infelicidade...

– Não entendo...

– Não saí para casa. Um demônio oculto me impeliu para cometer um ato infame. Cometi-o, mas tirei dele um proveito; estou salvo. Sei que me não ama.

– Ouviu?

– Tudo. E percebi.

– Que percebeu, meu caro senhor?

– Percebi que a senhora ama o Tito.

– Ah!

– Retiro-me, portanto, mas não quero fazê-lo sem que ao menos fique sabendo de que saio com ciência de que não sou amado; e que saio antes de me mandarem embora.

Emília ouviu as palavras de Diogo com a maior tranquilidade. Enquanto ele falava teve tempo de refletir no que devia dizer.

Diogo estava já a fazer o seu último cumprimento, quando a viúva lhe dirigiu a palavra.

– Ouça-me, Sr. Diogo. Ouviu bem, mas percebeu mal. Já que pretende ter sabido...

– Já sei; vem dizer que há um plano assentado de zombar com aquele moço...

– Como sabe?

– Disse-mo D. Adelaide.

– É verdade.

– Não creio.

– Por quê?

– Havia lágrimas nas suas palavras. Ouvi-as com a dor n'alma. Se soubesse como eu sofria!

A bela viúva não pôde deixar de sorrir ao gesto cômico de Diogo. Depois, como ele parecesse mergulhado em meditação sombria, disse:

– Engana-se, tanto que volto para a cidade.

– Deveras?

– Pois acredita que um homem como aquele possa inspirar qualquer sentimento sério? Nem por sombras!

Estas palavras foram ditas no tom com que Emília costumava persuadir aquele eterno namorado. Isso e mais um sorriso foi quanto bastou para acalmar o ânimo de Diogo. Daí a alguns minutos estava ele radiante.

– Olhe, e para desenganá-lo de uma vez vou escrever um bilhete ao Tito...

– Eu mesmo o levarei – disse Diogo louco de contente.

– Pois sim!

– Adeus, até amanhã. Tenha sonhos cor-de-rosa, e desculpe os meus maus modos. Até amanhã.

O velho beijou graciosamente a mão de Emília e saiu.

Capítulo IV

No dia seguinte, ao meio-dia, Diogo apresentou-se ao Tito, e depois de falar sobre diferentes coisas, tirou do bolso uma cartinha, que fingira ter esquecido até então, e à qual mostrava não dar grande apreço.

"Que bomba!", disse ele consigo, na ocasião em que Tito rasgou sobrecarta.

Eis o que dizia a carta:

Dei lhe o meu coração. Não quis aceitá-lo, desprezou-o mesmo. A sua bota magoou-o demais para que ele possa palpitar ainda. Está morto. Não o censuro; não se deve falar de luz aos cegos; a culpada fui eu. Supus que pudesse dar-lhe uma felicidade, recebendo outra. Enganei-me.

Tem a glória de retirar-se com todas as honras da guerra. Eu é que fico vencida. Paciência! Pode zombar de mim; não lhe contesto o direito que tem para isso.

Entretanto, devo dizer-lhe que eu bem o conhecia; nunca lho disse, mas conheci-o; desde o dia em que o vi pela primeira vez em casa de Adelaide, reconheci na sua pessoa o mesmo homem que um dia veio atirar-se aos meus pés... Era zombaria então, como hoje. Eu já devia conhecê-lo. Caro pago o meu engano. Adeus, adeus para sempre.

Lendo esta carta, Tito olhava repetidas vezes para Diogo. Como é que o velho se prestara àquilo? Era autêntica ou apócrifa a tal carta? Sobre não trazer assinatura, tinha a letra disfarçada. Seria uma arma de que o velho usara para descartar-se do rapaz? Mas, se fosse assim, era preciso que ele soubesse do que se passara na véspera.

Tito releu a carta muitas vezes; e, despedindo-se do velho, disse-lhe que a resposta iria depois.

Diogo retirou-se esfregando as mãos de contente.

É que a carta cuja leitura os leitores fizeram ao mesmo tempo que o nosso herói, não era a que Emília lera a Diogo. Na minuta apresentada ao velho a viúva declarava simplesmente que se retirava para a corte, e acrescentava que entre as recordações que levava de Petrópolis figurava Tito, pela figura que ela havia representado diante dele. Mas essa minuta, por uma destreza puramente feminina, não foi a que Emília mandou a Tito, como viram os leitores.

À carta de Emília respondeu Tito nos seguintes termos:

Minha senhora,

Li e reli a sua carta; e não lhe ocultarei o sentimento de pesar que ela me inspirou. Realmente, minha senhora, é esse o estado do seu coração? Está assim tão perdido por mim?

Diz Vossa Excelência que eu com a minha bota machuquei o seu coração. Penaliza-me o fato, sem que eu entretanto o confirme. Não me lembra até hoje que tivesse feito estrago algum desta natureza. Mas, enfim, Vossa Excelência o diz, e eu devo crê-lo.

Lendo esta carta Vossa Excelência dirá consigo que eu sou o mais audaz cavalheiro que ainda pisou a terra de Santa Cruz. Será um engano de observação. Isto em mim não é audácia, é franqueza. Lastimo que as coisas chegassem a este ponto, mas não posso dizer-lhe nada mais que a verdade.

Devo confessar que não sei se a carta a que respondo é de Vossa Excelência. A sua letra, de que eu já vi uma amostra no álbum de D. Adelaide, não se parece com a da carta; está evidentemente disfarçada; é de qualquer mão. Demais, não traz assinatura.

Digo isto porque a primeira dúvida que nasceu em meu espírito proveio do portador escolhido. Pois quê? Vossa

Excelência não achou outro senão o próprio Diogo? Confesso que de tudo o que tenho visto em minha vida é isto o que mais me faz rir.

Mas eu não devo rir, minha senhora. Vossa Excelência abriu-me o seu coração de um modo que inspira antes compaixão. Esta compaixão não lhe é desairosa, porque não vem por sentido irônico. É pura e sincera. Sinto não poder dar-lhe essa felicidade que me pede; mas é assim.

Não devo estender-me, e contudo custa-me arrancar a pena de cima do papel. É que poucos terão a posição que eu ocupo agora, a posição de requestado. Mas devo acabar e acabo aqui, mandando-lhe os meus pêsames e rogando a Deus para que encontre um coração menos frio que o meu.

A letra vai disfarçada como a sua, e, como na sua carta, deixo a assinatura em branco.

Esta carta foi entregue à viúva na mesma tarde. À noite, Azevedo e Adelaide foram visitá-la. Não puderam dissuadi-la da ideia da viagem para a corte. Emília usou mesmo de uma certa reserva para com Adelaide, que não pôde descobrir os motivos de semelhante procedimento, e retirou-se um tanto triste.

No dia seguinte, com efeito, Emília e a tia aprontaram-se e saíram para voltar para a corte.

Diogo ficou em Petrópolis ainda, cuidando em aprontar as malas... Não queria, dizia ele, que o público, vendo-o partir em companhia das duas senhoras, supusesse coisas desairosas à viúva.

Todos estes passos admiravam Adelaide, que, como disse, via na insistência de Emília e nos seus modos reservados um segredo que não compreendia. Quereria ela por aquele meio de viagem atrair Tito? Nesse caso era cálculo errado; visto que o rapaz, naquele dia como nos outros, acordou tarde e almoçou alegremente.

– Sabe – disse Adelaide – que a esta hora deve ter partido para a cidade a nossa amiga Emília?

– Já tinha ouvido dizer.

– Por que será?

– Ah! isso é que eu não sei. Altos segredos do espírito de mulher! Por que sopra hoje a brisa deste lado e não daquele? Interessa-me tanto saber uma coisa como outra.

No fim do almoço Tito, como quase sempre, retirou-se para ler durante duas horas.

Adelaide ia dar algumas ordens quando viu com pasmo entrar-lhe em casa a viúva, acompanhada de um criado.

– Ah! não partiste! – disse Adelaide correndo a abraçá-la.

– Não me vês aqui?

O criado saiu a um sinal de Emília.

– Mas que há? – perguntou a mulher de Azevedo, vendo os modos estranhos da viúva.

– Que há? – disse esta. – Há o que não previamos... És quase minha irmã... posso falar francamente. Ninguém nos ouve?

– Ernesto está fora e o Tito lá em cima. Mas que ar é esse?

– Adelaide! – disse Emília com os olhos rasos de lágrimas – eu o amo!

– Que me dizes?

Isto mesmo. Amo-o doidamente, perdidamente, completamente. Procurei até agora vencer esta paixão, mas não pude; e quando, por vãos preconceitos, tratava de ocultar-lhe o estado do meu coração não pude, as palavras saíram-me dos lábios insensivelmente...

– Mas como se deu isto?

– Eu sei! Parece que foi castigo; quis fazer fogo e queimei-me nas mesmas chamas. Ah! não é de hoje que me sinto assim. Desde que os seus desdéns em nada cederam, comecei a sentir não sei o que ao princípio despeito, depois um desejo de triunfar, depois uma ambição de ceder tudo, contanto que tudo ganhasse; afinal não fui senhora de mim. Era eu quem me sentia doidamente apaixonada e lho manifestava, por gestos, por palavras, por tudo; e mais crescia nele a indiferença, mais crescia o amor em mim.

– Mas estás falando sério?

– Olha antes para mim.

– Quem pensara?...

– A mim própria parece impossível; porém é mais que verdade...

– E ele?...

– Ele disse-me quatro palavras indiferentes, nem sei o que foi, e retirou-se.

– Resistirá?

– Não sei.

– Se eu adivinhara isto não te insinuaria naquela malfadada ideia.

– Não me compreendeste. Cuidas que eu deploro o que acontece? Oh! não! sinto-me feliz, sinto-me orgulhosa... É um destes amores que brotam por si para encher a alma de satisfação: devo antes abençoar-lhe...

– É uma verdadeira paixão... Mas acreditas impossível a conversão dele?

– Não sei; mas seja ou não impossível, não é a conversão que eu peço; basta-me que seja menos indiferente e mais compassivo.

– Mas que pretendes fazer? – perguntou Adelaide sentindo que as lágrimas também lhe rebentavam dos olhos.

Houve alguns instantes de silêncio.

– Mas o que tu não sabes – continuou Emília – é que ele não é para mim um simples estranho. Já o conhecia antes de casada. Foi ele quem me pediu em casamento antes de Rafael...

– Ah!

– Sabias?

– Ele já me havia contado a história, mas não nomeara a santa. Eras tu?

– Era eu. Ambos nos conhecíamos, sem dizermos nada um ao outro...

– Por quê?

A resposta a esta pergunta foi dada pelo próprio Tito, que assomara à porta do interior. Tendo visto entrar a viúva de uma das janelas, Tito desceu abaixo a ouvir a conversa dela com Adelaide. A estranheza que lhe causava a volta inesperada de Emília podia desculpar a indiscrição do rapaz.

– Por quê? – repetiu ele. – É o que lhes vou dizer.

– Mas antes de tudo – disse Adelaide – não sei se sabe que uma indiferença, tão completa, como a sua, pode ser fatal a quem lhe é menos indiferente?

– Refere-se à sua amiga? – perguntou Tito. – Eu corto tudo com uma palavra.

E voltando-se para Emília, disse, estendendo-lhe a mão:

– Aceita a minha mão de esposo?

Um grito de alegria suprema ia saindo do peito de Emília; mas não sei se um resto de orgulho, ou qualquer outro sentimento, converteu essa manifestação em uma simples palavra, que aliás foi pronunciada com lágrimas na voz:

– Sim! – disse ela.

Tito beijou amorosamente a mão da viúva. Depois acrescentou:

– Mas é preciso medir toda a minha generosidade; eu devia dizer: aceito a sua mão. Devia ou não devia? Sou um tanto original e gosto de fazer inversão em tudo.

– Pois sim; mas de um ou outro modo sou feliz. Contudo um remorso me surge na consciência. Dou-lhe uma felicidade tão completa como a que recebo?

– Remorso? Se é sujeita aos remorsos deve ter um, mas por motivo diverso. A senhora está passando neste momento pelas forças caudinas. Fi-la sofrer, não? Ouvindo o que vou dizer concordará que eu já antes sofria, e muito mais.

– Temos romance? – perguntou Adelaide a Tito.

– Realidade, minha senhora – respondeu Tito –, e realidade em prosa. Um dia, há já alguns anos, tive eu a felicidade de ver uma senhora, e amei-a. O amor foi tanto mais indomável quanto que me nasceu de súbito. Era então mais ardente que hoje, não conhecia muito os usos do mundo. Resolvi declarar-lhe a minha paixão e pedi-la em casamento. Tive em resposta este bilhete...

– Já sei – disse Emília. – Essa senhora fui eu. Estou humilhada; perdão...

– Meu amor a perdoa; nunca deixei de amá-la. Eu estava certo de encontrá-la um dia e procedi de modo a fazer-me o desejado.

– Escreva isto e dirão que é um romance – disse alegremente Adelaide.

– A vida não é outra coisa... – acrescentou Tito.

Daí a meia hora entrava Azevedo. Admirado da presença de Emília quando a supunha rodar no trem de ferro, e mais admirado ainda das maneiras cordiais por que se tratavam Tito e Emília, o marido de Adelaide inquiriu a causa disso.

– A causa é simples – respondeu Adelaide –; Emília voltou porque vai casar-se com Tito.

Azevedo não se deu por satisfeito; explicaram-lhe tudo.

– Percebo – disse ele –; Tito, não tendo alcançado nada caminhando em linha reta, procurou ver se alcançava caminho por linha curva. Às vezes é o caminho mais curto.

– Como agora – acrescentou Tito.

Emília jantou em casa de Adelaide. À tarde apareceu ali o velho Diogo, que ia despedir-se porque devia partir para a corte no dia seguinte de manhã. Grande foi a sua admiração quando viu a viúva.

– Voltou?

– É verdade – respondeu Emília rindo.

– Pois eu ia partir, mas já não parto. Ah! recebi uma carta da Europa: foi o capitão da galera *Macedônia* quem a trouxe! Chegou o urso!

– Pois vá fazer-lhe companhia – respondeu Tito.

Diogo fez uma careta. Depois, como desejasse saber o motivo da súbita volta da viúva, esta explicou-lhe que se ia casar com Tito.

Diogo não acreditou.

– É ainda um laço, não? – disse ele piscando os olhos.

E não só não acreditou então, como não acreditou daí em diante, apesar de tudo. Daí a alguns dias partiram todos para a corte. Diogo ainda se não convencia de nada. Mas, quando entrando um dia em casa de Emília viu a festa do noivado, o pobre velho não pôde negar a realidade e sofreu um forte abalo. Todavia, teve ainda coração para assistir às festas do noivado. Azevedo e a mulher serviram de testemunhas.

É preciso confessar, escrevia dois meses depois o feliz noivo ao esposo de Adelaide, *é preciso confessar que eu entrei num jogo arriscado. Podia perder; felizmente ganhei.*

Frei Simão

Capítulo primeiro

Frei Simão era um frade da ordem dos Beneditinos. Tinha, quando morreu, cinquenta anos em aparência, mas na realidade trinta e oito. A causa desta velhice prematura derivava da que o levou ao claustro na idade de trinta anos, e, tanto quanto se pode saber por uns fragmentos de memórias que ele deixou, a causa era justa.

Era frei Simão de caráter taciturno e desconfiado. Passava dias inteiros na sua cela, donde apenas saía na hora do refeitório e dos ofícios divinos. Não contava amizade alguma no convento, porque não era possível entreter com ele os preliminares que fundam e consolidam as afeições.

Em um convento, onde a comunhão das almas deve ser mais pronta e mais profunda, frei Simão parecia fugir à regra geral. Um dos noviços pôs-lhe alcunha de *urso*, que lhe ficou, mas só entre os noviços, bem entendido. Os frades professos, esses, apesar do desgosto que o gênio solitário de frei Simão lhes inspirava, sentiam por ele certo respeito e veneração.

Um dia anuncia-se que frei Simão adoecera gravemente. Chamaram-se os socorros e prestaram ao enfermo todos os cuidados necessários. A moléstia era mortal; depois de cinco dias frei Simão expirou.

Durante estes cinco dias de moléstia, a cela de frei Simão esteve cheia de frades. Frei Simão não disse uma palavra durante esses cinco dias; só no último, quando se aproximava o minuto fatal, sentou-se no leito, fez chamar para mais perto o abade, e disse-lhe ao ouvido com voz sufocada e em tom estranho:

– Morro odiando a humanidade!

O abade recuou até a parede ao ouvir estas palavras, e no tom em que foram ditas. Quanto a frei Simão, caiu sobre o travesseiro e passou à eternidade.

Depois de feitas ao irmão finado as honras que se lhe deviam, a comunidade perguntou ao seu chefe que palavras ouvira tão sinistras que o assustaram. O abade referiu-as, persignando-se. Mas os frades não viram nessas palavras senão um segredo do passado, sem dúvida importante, mas não tal que pudesse lançar o terror no espírito do abade. Este explicou-lhes a ideia que tivera quando ouviu as palavras de frei Simão, no tom em que foram ditas, e acompanhadas do olhar com que o fulminou: acreditara que frei Simão estivesse doido; mais ainda, que tivesse entrado já doido para a ordem. Os hábitos da solidão e taciturnidade a que se votara o frade pareciam sintomas de uma alienação mental de caráter brando e pacífico; mas durante oito anos parecia impossível aos frades que frei Simão não tivesse um dia revelado de modo positivo a sua loucura; objetaram isso ao abade; mas este persistia na sua crença.

Entretanto procedeu-se ao inventário dos objetos que pertenciam ao finado, e entre eles achou-se um rolo de papéis convenientemente enlaçados, com este rótulo: *"Memórias que há de escrever frei Simão de Santa Águeda, frade beneditino"*.

Este rolo de papéis foi um grande achado para a comunidade curiosa. Iam finalmente penetrar alguma coisa no véu misterioso que envolvia o passado de frei Simão, e talvez confirmar as suspeitas do abade. O rolo foi aberto e lido para todos.

Eram, pela maior parte, fragmentos incompletos, apontamentos truncados e notas insuficientes; mas de tudo junto pôde-se colher que realmente frei Simão estivera louco durante certo tempo.

O autor desta narrativa despreza aquela parte das Memórias que não tiver absolutamente importância; mas procura aproveitar a que for menos inútil ou menos obscura.

Capítulo II

As notas de frei Simão nada dizem do lugar do seu nascimento nem do nome de seus pais. O que se pôde saber dos seus princípios é que, tendo concluído os estudos preparatórios, não pôde seguir a carreira das letras, como desejava, e foi obrigado a entrar como guarda-livros na casa comercial de seu pai.

Morava então em casa de seu pai uma prima de Simão, órfã de pai e mãe, que haviam por morte deixado ao pai de Simão o cuidado de a educarem e manterem. Parece que os cabedais deste deram para isto. Quanto ao pai da prima órfã, tendo sido rico, perdera tudo ao jogo e nos azares do comércio, ficando reduzido à última miséria.

A órfã chamava-se Helena; era bela, meiga e extremamente boa. Simão, que se educara com ela, e juntamente vivia debaixo do mesmo teto, não pôde resistir às elevadas qualidades e à beleza de sua prima. Amaram-se. Em seus sonhos de futuro contavam ambos o casamento, coisa que parece mais natural do mundo para corações amantes.

Não tardou muito que os pais de Simão descobrissem o amor dos dois. Ora é preciso dizer, apesar de não haver declaração formal disto nos apontamentos do frade, é preciso dizer que os referidos pais eram de um egoísmo descomunal. Davam de boa vontade o pão da subsistência a Helena; mas lá casar o filho com a pobre órfã é que não podiam consentir. Tinham posto a mira em uma herdeira rica, e dispunham de si para si que o rapaz se casaria com ela.

Uma tarde, como estivesse o rapaz a adiantar a escrituração do livro mestre, entrou no escritório o pai com ar grave e risonho ao mesmo tempo, e disse ao filho que largasse o trabalho e o ouvisse. O rapaz obedeceu. O pai falou assim:

– Vais partir para a província de***. Preciso mandar umas cartas ao meu correspondente Amaral, e, como sejam elas de grande importância, não quero confiá-las ao nosso desleixado correio. Queres ir no vapor ou preferes o nosso brigue?

Esta pergunta era feita com grande tino.

Obrigado a responder-lhe, o velho comerciante não dera lugar a que seu filho apresentasse objeções.

O rapaz enfiou, abaixou os olhos e respondeu:

– Vou onde meu pai quiser.

O pai agradeceu mentalmente a submissão do filho, que lhe poupava o dinheiro da passagem no vapor, e foi muito contente dar parte à mulher de que o rapaz não fizera objeção alguma.

Nessa noite os dois amantes tiveram ocasião de encontrar-se sós na sala de jantar.

Simão contou a Helena o que se passara. Choraram ambos algumas lágrimas furtivas, e ficaram na esperança de que a viagem fosse de um mês, quando muito.

À mesa do chá, o pai de Simão conversou sobre a viagem do rapaz, que devia ser de poucos dias. Isto reanimou as esperanças dos dois amantes. O resto da noite passou-se em conselhos da parte do velho ao filho sobre a maneira de portar-se na casa do correspondente. Às dez horas, como de costume, todos se recolheram aos aposentos.

Os dias passaram-se depressa. Finalmente raiou aquele em que devia partir o brigue. Helena saiu de seu quarto com os olhos vermelhos de chorar. Interrogada bruscamente pela tia, disse que era uma inflamação adquirida pelo muito que lera na noite anterior. A tia prescreveu-lhe abstenção da leitura e banhos de água de malvas.

Quanto ao tio, tendo chamado Simão, entregou-lhe uma carta para o correspondente, e abraçou-o. A mala e um criado estavam prontos. A despedida foi triste. Os dois pais sempre choraram alguma coisa, a rapariga muito.

Quanto a Simão, levava os olhos secos e ardentes. Era refratário às lágrimas; por isso mesmo padecia mais.

O brigue partiu. Simão, enquanto pôde ver terra, não se retirou de cima; quando finalmente se fecharam de todo as *paredes do cárcere que anda*, na frase pitoresca de Ribeyrolles, Simão desceu ao seu camarote, triste e com o coração apertado. Havia como um pressentimento que lhe dizia interiormente ser impossível tornar a ver sua prima. Parecia que ia para um degredo.

Chegando ao lugar do seu destino, procurou Simão o correspondente de seu pai e entregou-lhe a carta. O Sr. Amaral leu a carta, fitou o rapaz e, depois de algum silêncio, disse-lhe, volvendo a carta:

– Bem, agora é preciso esperar que eu cumpra esta ordem de seu pai. Entretanto venha morar para a minha casa.

– Quando poderei voltar? – perguntou Simão.

– Em poucos dias, salvo se as coisas se complicarem.

Este *salvo*, posto na boca de Amaral como incidente, era a oração principal. A carta do pai de Simão versava assim:

Meu caro Amaral,

Motivos ponderosos me obrigam a mandar meu filho desta cidade. Retenha-o por lá como puder. O pretexto da viagem é ter eu necessidade de ultimar alguns negócios com você, o que dirá ao pequeno, fazendo-lhe sempre crer que a demora é pouca ou nenhuma. Você, que teve na sua adolescência a triste ideia de engendrar romances, vá inventando circunstâncias e ocorrências imprevistas, de modo que o rapaz não me torne cá antes de segunda ordem. Sou, como sempre, etc.

Capítulo III

Passaram-se dias e dias, e nada de chegar o momento de voltar à casa paterna. O ex-romancista era na verdade fértil, e não se cansava de inventar pretextos que deixavam convencido o rapaz.

Entretanto, como o espírito dos amantes não é menos engenhoso que o dos romancistas, Simão e Helena acharam meio de se escreverem, e deste modo podiam consolar-se da ausência, com presença das letras e do papel. Bem diz

Heloísa que a arte de escrever foi inventada por alguma amante separada do seu amante. Nestas cartas juravam-se os dois sua eterna fidelidade.

No fim de dois meses de espera baldada e de ativa correspondência, a tia de Helena surpreendeu uma carta de Simão. Era a vigésima, creio eu. Houve grande temporal em casa. O tio, que estava no escritório, saiu precipitadamente e tomou conhecimento do negócio. O resultado foi proscrever de casa tinta, penas e papel, e instituir vigilância rigorosa sobre a infeliz rapariga.

Começaram pois a escassear as cartas ao pobre deportado. Inquiriu a causa disto em cartas choradas e compridas; mas, como o rigor fiscal da casa de seu pai adquiria proporções descomunais, acontecia que todas as cartas de Simão iam parar às mãos do velho, que, depois de apreciar o estilo amoroso de seu filho, fazia queimar as ardentes epístolas.

Passaram-se dias e meses. Carta de Helena, nenhuma. O correspondente ia esgotando a veia inventadora, e já não sabia como reter finalmente o rapaz.

Chega uma carta a Simão. Era letra do pai. Só diferençava das outras que recebia do velho em ser esta mais longa, muito mais longa. O rapaz abriu a carta, e leu trêmulo e pálido. Contava nesta carta o honrado comerciante que a Helena, a boa rapariga que ele destinava a ser sua filha casando-se com Simão, a boa Helena tinha morrido. O velho copiara algum dos últimos necrológios que vira nos jornais, e ajuntara algumas consolações de casa. A última consolação foi dizer-lhe que embarcasse e fosse ter com ele.

O período final da carta dizia:

*Assim como assim, não se realizam os meus negócios; não te pude casar com Helena, visto que Deus a levou. Mas volta, filho, vem; poderás consolar-te casando com outra, a filha do conselheiro*** Está moça feita e é um bom partido. Não te desalentes; lembra-te de mim.*

O pai de Simão não conhecia bem o amor do filho, nem era grande águia para avaliá-lo, ainda que o conhecesse. Dores tais não se consolam com uma carta nem com um casamento. Era melhor mandá-lo chamar, e depois preparar-lhe a notícia; mas dada assim friamente em uma carta era expor o rapaz a uma morte certa.

Ficou Simão vivo em corpo e morto moralmente, tão morto que por sua própria ideia foi dali procurar uma sepultura. Era melhor dar aqui alguns dos papéis escritos por Simão relativamente ao que sofreu depois da carta; mas há muitas falhas, e eu não quero corrigir a exposição ingênua e sincera do frade.

A sepultura que Simão escolheu foi um convento. Respondeu ao pai que agradecia a filha do conselheiro, mas que daquele dia em diante pertencia ao serviço de Deus.

O pai ficou maravilhado. Nunca suspeitou que o filho pudesse vir a ter semelhante resolução. Escreveu às pressas para ver se o desviava da ideia; mas não pôde conseguir.

Quanto ao correspondente, para quem tudo se embrulhava cada vez mais, deixou o rapaz seguir para o claustro, disposto a não figurar em um negócio do qual nada realmente sabia.

Capítulo IV

Frei Simão de Santa Águeda foi obrigado a ir à província natal em missão religiosa, tempos depois dos fatos que acabo de narrar.

Preparou-se e embarcou.

A missão não era na capital, mas no interior. Entrando na capital, pareceu-lhe dever ir visitar seus pais. Estavam mudados física e moralmente. Era com certeza a dor e o remorso de terem precipitado seu filho à resolução que tomou. Tinham vendido a casa comercial e viviam de suas rendas.

Receberam o filho com alvoroço e verdadeiro amor. Depois das lágrimas e das consolações, vieram ao fim da viagem de Simão.

– A que vens tu, meu filho?

– Venho cumprir uma missão do sacerdócio que abracei. Venho pregar, para que o rebanho do Senhor não se arrede nunca do bom caminho.

– Aqui na capital?

– Não, no interior. Começo pela vila de***.

Os dois velhos estremeceram; mas Simão nada viu. No dia seguinte partiu Simão, não sem algumas instâncias de seus pais para que ficasse. Notaram eles que seu filho nem de leve tocara em Helena. Também eles não quiseram magoá-lo falando em tal assunto.

Daí a dias, na vila de que falara frei Simão, era um alvoroço para ouvir as prédicas do missionário.

A velha igreja do lugar estava atopetada de povo.

À hora anunciada, frei Simão subiu ao púlpito e começou o discurso religioso. Metade do povo saiu aborrecido no meio do sermão. A razão era simples. Avezado à pintura viva dos caldeirões de Pedro Botelho e outros pedacinhos de ouro da maioria dos pregadores, o povo não podia ouvir com prazer a linguagem simples, branda, persuasiva, a que serviam de modelo as conferências do fundador da nossa religião.

O pregador estava a terminar, quando entrou apressadamente na igreja um par, marido e mulher: ele, honrado lavrador, meio remediado com o sítio que possuía e a boa vontade de trabalhar; ela, senhora estimada por suas virtudes, mas de uma melancolia invencível.

Depois de tomarem água benta, colocaram-se ambos em lugar donde pudessem ver facilmente o pregador.

Ouviu-se então um grito, e todos correram para a recém-chegada, que acabava de desmaiar. Frei Simão teve de parar o seu discurso, enquanto se punha termo ao incidente. Mas, por uma aberta que a turba deixava, pôde ele ver o rosto da desmaiada.

Era Helena.

No manuscrito do frade há uma série de reticências dispostas em oito linhas. Ele próprio não sabe o que se passou. Mas o que se passou foi que, mal conhecera Helena, continuou o frade o discurso. Era então outra coisa: era um discurso sem nexo, sem assunto, um verdadeiro delírio. A consternação foi geral.

Capítulo V

O delírio de frei Simão durou alguns dias. Graças aos cuidados, pôde melhorar, e pareceu a todos que estava bom, menos ao médico, que queria continuar a cura. Mas o frade disse positivamente que se retirava ao convento, e não houve forças humanas que o detivessem.

O leitor compreende naturalmente que o casamento de Helena fora obrigado pelos tios.

A pobre senhora não resistiu à comoção. Dois meses depois morreu, deixando inconsolável o marido, que a amava com veras.

Frei Simão, recolhido ao convento, tornou-se mais solitário e taciturno. Restava-lhe ainda um pouco da alienação.

Já conhecemos o acontecimento de sua morte e a impressão que ela causara ao abade.

A cela de frei Simão de Santa Águeda esteve muito tempo religiosamente fechada. Só se abriu, algum tempo depois, para dar entrada a um velho secular, que por esmola alcançou do abade acabar os seus dias na convivência dos médicos da alma. Era o pai de Simão. A mãe tinha morrido.

Foi crença, nos últimos anos de vida deste velho, que ele não estava menos doido que frei Simão de Santa Águeda.

Coleção **L&PM** POCKET

ÚLTIMOS LANÇAMENTOS

1000.**Diários de Andy Warhol (1)** – Editado por Pat Hackett
1001.**Diários de Andy Warhol (2)** – Editado por Pat Hackett
1002.**Cartier-Bresson: o olhar do século** – Pierre Assouline
1003.**As melhores histórias da mitologia: vol. 1** – A.S. Franchini e Carmen Seganfredo
1004.**As melhores histórias da mitologia: vol. 2** – A.S. Franchini e Carmen Seganfredo
1005.**Assassinato no beco** – Agatha Christie
1006.**Convite para um homicídio** – Agatha Christie
1008.**História da vida** – Michael J. Benton
1009.**Jung** – Anthony Stevens
1010.**Arsène Lupin, ladrão de casaca** – Maurice Leblanc
1011.**Dublinenses** – James Joyce
1012.**120 tirinhas da Turma da Mônica** – Mauricio de Sousa
1013.**Antologia poética** – Fernando Pessoa
1014.**A aventura de um cliente ilustre** ***seguido de*** **O último adeus de Sherlock Holmes** – Sir Arthur Conan Doyle
1015.**Cenas de Nova York** – Jack Kerouac
1016.**A corista** – Anton Tchékhov
1017.**O diabo** – Leon Tolstói
1018.**Fábulas chinesas** – Sérgio Capparelli e Márcia Schmaltz
1019.**O gato do Brasil** – Sir Arthur Conan Doyle
1020.**Missa do Galo** – Machado de Assis
1021.**O mistério de Marie Rogêt** – Edgar Allan Poe
1022.**A mulher mais linda da cidade** – Bukowski
1023.**O retrato** – Nicolai Gogol
1024.**O conflito** – Agatha Christie
1025.**Os primeiros casos de Poirot** – Agatha Christie
1027(25).**Beethoven** – Bernard Fauconnier
1028.**Platão** – Julia Annas
1029.**Cleo e Daniel** – Roberto Freire
1030.**Til** – José de Alencar
1031.**Viagens na minha terra** – Almeida Garrett
1032.**Profissões para mulheres e outros artigos feministas** – Virginia Woolf
1033.**Mrs. Dalloway** – Virginia Woolf
1034.**O cão da morte** – Agatha Christie
1035.**Tragédia em três atos** – Agatha Christie
1037.**O fantasma da Ópera** – Gaston Leroux
1038.**Evolução** – Brian e Deborah Charlesworth
1039.**Medida por medida** – Shakespeare
1040.**Razão e sentimento** – Jane Austen
1041.**A obra-prima ignorada** ***seguido de*** **Um episódio durante o Terror** – Balzac
1042.**A fugitiva** – Anaïs Nin
1043.**As grandes histórias da mitologia greco-romana** – A. S. Franchini
1044.**O corno de si mesmo & outras historietas** – Marquês de Sade
1045.**Da felicidade** ***seguido de*** **Da vida retirada** – Sêneca
1046.**O horror em Red Hook e outras histórias** – H. P. Lovecraft
1047.**Noite em claro** – Martha Medeiros
1048.**Poemas clássicos chineses** – Li Bai, Du Fu e Wang Wei
1049.**A terceira moça** – Agatha Christie
1050.**Um destino ignorado** – Agatha Christie
1051(26).**Buda** – Sophie Royer
1052.**Guerra Fria** – Robert J. McMahon
1053.**Simons's Cat: as aventuras de um gato travesso e comilão – vol. 1** – Simon Tofield
1054.**Simons's Cat: as aventuras de um gato travesso e comilão – vol. 2** – Simon Tofield
1055.**Só as mulheres e as baratas sobreviverão** – Claudia Tajes
1057.**Pré-história** – Chris Gosden
1058.**Pintou sujeira!** – Mauricio de Sousa
1059.**Contos de Mamãe Gansa** – Charles Perrault
1060.**A interpretação dos sonhos: vol. 1** – Freud
1061.**A interpretação dos sonhos: vol. 2** – Freud
1062.**Frufru Rataplã Dolores** – Dalton Trevisan
1063.**As melhores histórias da mitologia egípcia** – Carmem Seganfredo e A.S. Franchini
1064.**Infância. Adolescência. Juventude** – Tolstói
1065.**As consolações da filosofia** – Alain de Botton
1066.**Diários de Jack Kerouac – 1947-1954**
1067.**Revolução Francesa – vol. 1** – Max Gallo
1068.**Revolução Francesa – vol. 2** – Max Gallo
1069.**O detetive Parker Pyne** – Agatha Christie
1070.**Memórias do esquecimento** – Flávio Tavares
1071.**Drogas** – Leslie Iversen
1072.**Manual de ecologia (vol.2)** – J. Lutzenberger
1073.**Como andar no labirinto** – Affonso Romano de Sant'Anna
1074.**A orquídea e o serial killer** – Juremir Machado da Silva
1075.**Amor nos tempos de fúria** – Lawrence Ferlinghetti
1076.**A aventura do pudim de Natal** – Agatha Christie
1078.**Amores que matam** – Patricia Faur
1079.**Histórias de pescador** – Mauricio de Sousa
1080.**Pedaços de um caderno manchado de vinho** – Bukowski
1081.**A ferro e fogo: tempo de solidão (vol.1)** – Josué Guimarães
1082.**A ferro e fogo: tempo de guerra (vol.2)** – Josué Guimarães
1084(17).**Desembarcando o Alzheimer** – Dr. Fernando Lucchese e Dra. Ana Hartmann
1085.**A maldição do espelho** – Agatha Christie
1086.**Uma breve história da filosofia** – Nigel Warburton
1088.**Heróis da História** – Will Durant
1089.**Concerto campestre** – L. A. de Assis Brasil
1090.**Morte nas nuvens** – Agatha Christie
1092.**Aventura em Bagdá** – Agatha Christie
1093.**O cavalo amarelo** – Agatha Christie
1094.**O método de interpretação dos sonhos** – Freud

1095.**Sonetos de amor e desamor** – Vários
1096.**120 tirinhas do Dilbert** – Scott Adams
1097.**200 fábulas de Esopo**
1098.**O curioso caso de Benjamin Button** – F. Scott Fitzgerald
1099.**Piadas para sempre: uma antologia para morrer de rir** – Visconde da Casa Verde
1100.**Hamlet (Mangá)** – Shakespeare
1101.**A arte da guerra (Mangá)** – Sun Tzu
1104.**As melhores histórias da Bíblia (vol.1)** – A. S. Franchini e Carmen Seganfredo
1105.**As melhores histórias da Bíblia (vol.2)** – A. S. Franchini e Carmen Seganfredo
1106.**Psicologia das massas e análise do eu** – Freud
1107.**Guerra Civil Espanhola** – Helen Graham
1108.**A autoestrada do sul e outras histórias** – Julio Cortázar
1109.**O mistério dos sete relógios** – Agatha Christie
1110.**Peanuts: Ninguém gosta de mim... (amor)** – Charles Schulz
1111.**Cadê o bolo?** – Mauricio de Sousa
1112.**O filósofo ignorante** – Voltaire
1113.**Totem e tabu** – Freud
1114.**Filosofia pré-socrática** – Catherine Osborne
1115.**Desejo de status** – Alain de Botton
1118.**Passageiro para Frankfurt** – Agatha Christie
1120.**Kill All Enemies** – Melvin Burgess
1121.**A morte da sra. McGinty** – Agatha Christie
1122.**Revolução Russa** – S. A. Smith
1123.**Até você, Capitu?** – Dalton Trevisan
1124.**O grande Gatsby (Mangá)** – F. S. Fitzgerald
1125.**Assim falou Zaratustra (Mangá)** – Nietzsche
1126. **Peanuts: É para isso que servem os amigos (amizade)** – Charles Schulz
1127(27).**Nietzsche** – Dorian Astor
1128.**Bidu: Hora do banho** – Mauricio de Sousa
1129.**O melhor do Macanudo Taurino** – Santiago
1130.**Radicci 30 anos** – Iotti
1131.**Show de sabores** – J.A. Pinheiro Machado
1132.**O prazer das palavras** – vol. 3 – Cláudio Moreno
1133.**Morte na praia** – Agatha Christie
1134.**O fardo** – Agatha Christie
1135.**Manifesto do Partido Comunista (Mangá)** – Marx & Engels
1136.**A metamorfose (Mangá)** – Franz Kafka
1137.**Por que você não se casou... ainda** – Tracy McMillan
1138.**Textos autobiográficos** – Bukowski
1139.**A importância de ser prudente** – Oscar Wilde
1140.**Sobre a vontade na natureza** – Arthur Schopenhauer
1141.**Dilbert (8)** – Scott Adams
1142.**Entre dois amores** – Agatha Christie
1143.**Cipreste triste** – Agatha Christie
1144.**Alguém viu uma assombração?** – Mauricio de Sousa
1145.**Mandela** – Elleke Boehmer
1146.**Retrato do artista quando jovem** – James Joyce
1147.**Zadig ou o destino** – Voltaire
1148.**O contrato social (Mangá)** – J.-J. Rousseau
1149.**Garfield fenomenal** – Jim Davis
1150.**A queda da América** – Allen Ginsberg
1151.**Música na noite & outros ensaios** – Aldous Huxley
1152.**Poesias inéditas & Poemas dramáticos** – Fernando Pessoa
1153.**Peanuts: Felicidade é...** – Charles M. Schulz
1154.**Mate-me por favor** – Legs McNeil e Gillian McCain
1155.**Assassinato no Expresso Oriente** – Agatha Christie
1156.**Um punhado de centeio** – Agatha Christie
1157.**A interpretação dos sonhos (Mangá)** – Freud
1158.**Peanuts: Você não entende o sentido da vida** – Charles M. Schulz
1159.**A dinastia Rothschild** – Herbert R. Lottman
1160.**A Mansão Hollow** – Agatha Christie
1161.**Nas montanhas da loucura** – H.P. Lovecraft
1162(28).**Napoleão Bonaparte** – Pascale Fautrier
1163.**Um corpo na biblioteca** – Agatha Christie
1164.**Inovação** – Mark Dodgson e David Gann
1165.**O que toda mulher deve saber sobre os homens: a afetividade masculina** – Walter Riso
1166.**O amor está no ar** – Mauricio de Sousa
1167.**Testemunha de acusação & outras histórias** – Agatha Christie
1168.**Etiqueta de bolso** – Celia Ribeiro
1169.**Poesia reunida (volume 3)** – Affonso Romano de Sant'Anna
1170.**Emma** – Jane Austen
1171.**Que seja em segredo** – Ana Miranda
1172.**Garfield sem apetite** – Jim Davis
1173.**Garfield: Foi mal...** – Jim Davis
1174.**Os irmãos Karamázov (Mangá)** – Dostoiévski
1175.**O Pequeno Príncipe** – Antoine de Saint-Exupéry
1176.**Peanuts: Ninguém mais tem o espírito aventureiro** – Charles M. Schulz
1177.**Assim falou Zaratustra** – Nietzsche
1178.**Morte no Nilo** – Agatha Christie
1179.**Ê, soneca boa** – Mauricio de Sousa
1180.**Garfield a todo o vapor** – Jim Davis
1181.**Em busca do tempo perdido (Mangá)** – Proust
1182.**Cai o pano: o último caso de Poirot** – Agatha Christie
1183.**Livro para colorir e relaxar** – Livro 1
1184.**Para colorir sem parar**
1185.**Os elefantes não esquecem** – Agatha Christie
1186.**Teoria da relatividade** – Albert Einstein
1187.**Compêndio da psicanálise** – Freud
1188.**Visões de Gerard** – Jack Kerouac
1189.**Fim de verão** – Mohiro Kitoh
1190.**Procurando diversão** – Mauricio de Sousa
1191.**E não sobrou nenhum e outras peças** – Agatha Christie
1192.**Ansiedade** – Daniel Freeman & Jason Freeman
1193.**Garfield: pausa para o almoço** – Jim Davis
1194.**Contos do dia e da noite** – Guy de Maupassant
1195.**O melhor de Hagar 7** – Dik Browne
1196(29).**Lou Andreas-Salomé** – Dorian Astor

1197(30).**Pasolini** – René de Ceccatty
1198.**O caso do Hotel Bertram** – Agatha Christie
1199.**Crônicas de motel** – Sam Shepard
1200.**Pequena filosofia da paz interior** – Catherine Rambert
1201.**Os sertões** – Euclides da Cunha
1202.**Treze à mesa** – Agatha Christie
1203.**Bíblia** – John Riches
1204.**Anjos** – David Albert Jones
1205.**As tirinhas do Guri de Uruguaiana 1** – Jair Kobe
1206.**Entre aspas (vol.1)** – Fernando Eichenberg
1207.**Escrita** – Andrew Robinson
1208.**O spleen de Paris: pequenos poemas em prosa** – Charles Baudelaire
1209.**Satíricon** – Petrônio
1210.**O avarento** – Molière
1211.**Queimando na água, afogando-se na chama** – Bukowski
1212.**Miscelânea septuagenária: contos e poemas** – Bukowski
1213.**Que filosofar é aprender a morrer e outros ensaios** – Montaigne
1214.**Da amizade e outros ensaios** – Montaigne
1215.**O medo à espreita e outras histórias** – H.P. Lovecraft
1216.**A obra de arte na era de sua reprodutibilidade técnica** – Walter Benjamin
1217.**Sobre a liberdade** – John Stuart Mill
1218.**O segredo de Chimneys** – Agatha Christie
1219.**Morte na rua Hickory** – Agatha Christie
1220.**Ulisses (Mangá)** – James Joyce
1221.**Ateísmo** – Julian Baggini
1222.**Os melhores contos de Katherine Mansfield** – Katherine Mansfield
1223(31).**Martin Luther King** – Alain Foix
1224.**Millôr Definitivo: uma antologia de *A Bíblia do Caos*** – Millôr Fernandes
1225.**O Clube das Terças-Feiras e outras histórias** – Agatha Christie
1226.**Por que sou tão sábio** – Nietzsche
1227.**Sobre a mentira** – Platão
1228.**Sobre a leitura *seguido do* Depoimento de Céleste Albaret** – Proust
1229.**O homem do terno marrom** – Agatha Christie
1230(32).**Jimi Hendrix** – Franck Médioni
1231.**Amor e amizade e outras histórias** – Jane Austen
1232.**Lady Susan, Os Watson e Sanditon** – Jane Austen
1233.**Uma breve história da ciência** – William Bynum
1234.**Macunaíma: o herói sem nenhum caráter** – Mário de Andrade
1235.**A máquina do tempo** – H.G. Wells
1236.**O homem invisível** – H.G. Wells
1237.**Os 36 estratagemas: manual secreto da arte da guerra** – Anônimo
1238.**A mina de ouro e outras histórias** – Agatha Christie
1239.**Pic** – Jack Kerouac
1240.**O habitante da escuridão e outros contos** – H.P. Lovecraft
1241.**O chamado de Cthulhu e outros contos** – H.P. Lovecraft
1242.**O melhor de Meu reino por um cavalo!** – Edição de Ivan Pinheiro Machado
1243.**A guerra dos mundos** – H.G. Wells
1244.**O caso da criada perfeita e outras histórias** – Agatha Christie
1245.**Morte por afogamento e outras histórias** – Agatha Christie
1246.**Assassinato no Comitê Central** – Manuel Vázquez Montalbán
1247.**O papai é pop** – Marcos Piangers
1248.**O papai é pop 2** – Marcos Piangers
1249.**A mamãe é rock** – Ana Cardoso
1250.**Paris boêmia** – Dan Franck
1251.**Paris libertária** – Dan Franck
1252.**Paris ocupada** – Dan Franck
1253.**Uma anedota infame** – Dostoiévski
1254.**O último dia de um condenado** – Victor Hugo
1255.**Nem só de caviar vive o homem** – J.M. Simmel
1256.**Amanhã é outro dia** – J.M. Simmel
1257.**Mulherzinhas** – Louisa May Alcott
1258.**Reforma Protestante** – Peter Marshall
1259.**História econômica global** – Robert C. Allen
1260(33).**Che Guevara** – Alain Foix
1261.**Câncer** – Nicholas James
1262.**Akhenaton** – Agatha Christie
1263.**Aforismos para a sabedoria de vida** – Arthur Schopenhauer
1264.**Uma história do mundo** – David Coimbra
1265.**Ame e não sofra** – Walter Riso
1266.**Desapegue-se!** – Walter Riso
1267.**Os Sousa: Uma família do barulho** – Mauricio de Sousa
1268.**Nico Demo: O rei da travessura** – Mauricio de Sousa
1269.**Testemunha de acusação e outras peças** – Agatha Christie
1270(34).**Dostoiévski** – Virgil Tanase
1271.**O melhor de Hagar 8** – Dik Browne
1272.**O melhor de Hagar 9** – Dik Browne
1273.**O melhor de Hagar 10** – Dik e Chris Browne
1274.**Considerações sobre o governo representativo** – John Stuart Mill
1275.**O homem Moisés e a religião monoteísta** – Freud
1276.**Inibição, sintoma e medo** – Freud
1277.**Além do princípio de prazer** – Freud
1278.**O direito de dizer não!** – Walter Riso
1279.**A arte de ser flexível** – Walter Riso
1280.**Casados e descasados** – August Strindberg
1281.**Da Terra à Lua** – Júlio Verne
1282.**Minhas galerias e meus pintores** – Kahnweiler
1283.**A arte do romance** – Virginia Woolf
1284.**Teatro completo v. 1: As aves da noite *seguido de* O visitante** – Hilda Hilst

1285.**Teatro completo v. 2: O verdugo** ***seguido de*** **A morte do patriarca** – Hilda Hilst
1286.**Teatro completo v. 3: O rato no muro** ***seguido de*** **Auto da barca de Camiri** – Hilda Hilst
1287.**Teatro completo v. 4: A empresa** ***seguido de*** **O novo sistema** – Hilda Hilst
1289.**Fora de mim** – Martha Medeiros
1290.**Divã** – Martha Medeiros
1291.**Sobre a genealogia da moral: um escrito polêmico** – Nietzsche
1292.**A consciência de Zeno** – Italo Svevo
1293.**Células-tronco** – Jonathan Slack
1294.**O fim do ciúme e outros contos** – Proust
1295.**A jangada** – Júlio Verne
1296.**A ilha do dr. Moreau** – H.G. Wells
1297.**Ninho de fidalgos** – Ivan Turguêniev
1298.**Jane Eyre** – Charlotte Brontë
1299.**Sobre gatos** – Bukowski
1300.**Sobre o amor** – Bukowski
1301.**Escrever para não enlouquecer** – Bukowski
1302.**222 receitas** – J. A. Pinheiro Machado
1303.**Reinações de Narizinho** – Monteiro Lobato
1304.**O Saci** – Monteiro Lobato
1305.**Memórias da Emília** – Monteiro Lobato
1306.**O Picapau Amarelo** – Monteiro Lobato
1307.**A reforma da Natureza** – Monteiro Lobato
1308.**Fábulas** ***seguido de*** **Histórias diversas** – Monteiro Lobato
1309.**Aventuras de Hans Staden** – Monteiro Lobato
1310.**Peter Pan** – Monteiro Lobato
1311.**Dom Quixote das crianças** – Monteiro Lobato
1312.**O Minotauro** – Monteiro Lobato
1313.**Um quarto só seu** – Virginia Woolf
1314.**Sonetos** – Shakespeare
1315(35).**Thoreau** – Marie Berthoumieu e Laura El Makki
1316.**Teoria da arte** – Cynthia Freeland
1317.**A arte da prudência** – Baltasar Gracián
1318.**O louco** ***seguido de*** **Areia e espuma** – Khalil Gibran
1319.**O profeta** ***seguido de*** **O jardim do profeta** – Khalil Gibran
1320.**Jesus, o Filho do Homem** – Khalil Gibran
1321.**A luta** – Norman Mailer
1322.**Sobre o sofrimento do mundo e outros ensaios** – Schopenhauer
1323.**Epidemiologia** – Rodolfo Sacacci
1324.**Japão moderno** – Christopher Goto-Jones
1325.**A arte da meditação** – Matthieu Ricard
1326.**O adversário secreto** – Agatha Christie
1327.**Pollyanna** – Eleanor H. Porter
1328.**Espelhos** – Eduardo Galeano
1329.**A Vênus das peles** – Sacher-Masoch
1330.**O 18 de brumário de Luís Bonaparte** – Karl Marx
1331.**Um jogo para os vivos** – Patricia Highsmith
1332.**A tristeza pode esperar** – J.J. Camargo
1333.**Vinte poemas de amor e uma canção desesperada** – Pablo Neruda
1334.**Judaísmo** – Norman Solomon
1335.**Esquizofrenia** – Christopher Frith & Eve Johnstone
1336.**Seis personagens em busca de um autor** – Luigi Pirandello
1337.**A Fazenda dos Animais** – George Orwell
1338.**1984** – George Orwell
1339.**Ubu Rei** – Alfred Jarry
1340.**Sobre bêbados e bebidas** – Bukowski
1341.**Tempestade para os vivos e para os mortos** – Bukowski
1342.**Complicado** – Natsume Ono
1343.**Sobre o livre-arbítrio** – Schopenhauer
1344.**Uma breve história da literatura** – John Sutherland
1345.**Você fica tão sozinho às vezes que até faz sentido** – Bukowski
1346.**Um apartamento em Paris** – Guillaume Musso
1347.**Receitas fáceis e saborosas** – José Antonio Pinheiro Machado
1348.**Por que engordamos** – Gary Taubes
1349.**A fabulosa história do hospital** – Jean-Noël Fabiani
1350.**Voo noturno** ***seguido de*** **Terra dos homens** – Antoine de Saint-Exupéry
1351.**Doutor Sax** – Jack Kerouac
1352.**O livro do Tao e da virtude** – Lao-Tsé
1353.**Pista negra** – Antonio Manzini
1354.**A chave de vidro** – Dashiell Hammett
1355.**Martin Eden** – Jack London
1356.**Já te disse adeus, e agora, como te esqueço?** – Walter Riso
1357.**A viagem do descobrimento** – Eduardo Bueno
1358.**Náufragos, traficantes e degredados** – Eduardo Bueno
1359.**Retrato do Brasil** – Paulo Prado
1360.**Maravilhosamente imperfeito, escandalosamente feliz** – Walter Riso
1361.**É...** – Millôr Fernandes
1362.**Duas tábuas e uma paixão** – Millôr Fernandes
1363.**Selma e Sinatra** – Martha Medeiros
1364.**Tudo que eu queria te dizer** – Martha Medeiros
1365.**Várias histórias** – Machado de Assis
1366.**A sabedoria do Padre Brown** – G. K. Chesterton
1367.**Capitães do Brasil** – Eduardo Bueno
1368.**O falcão maltês** – Dashiell Hammett
1369.**A arte de estar com a razão** – Arthur Schopenhauer
1370.**A visão dos vencidos** – Miguel León-Portilla
1371.**A coroa, a cruz e a espada** – Eduardo Bueno
1372.**Poética** – Aristóteles
1373.**O reprimido** – Agatha Christie
1374.**O espelho do homem morto** – Agatha Christie
1375.**Cartas sobre a felicidade e outros textos** – Epicuro
1376.**A corista e outras histórias** – Anton Tchékhov
1377.**Na estrada da beatitude** – Eduardo Bueno

IMPRESSÃO:

PALLOTTI
GRÁFICA

Santa Maria - RS | Fone: (55) 3220.4500
www.graficapallotti.com.br